La MALÉDICTION de GRISON

Émilie C. Guyot

Texte : © E.C. Guyot 2022

ecguyot.com

ISBN-13 : 978-2-3224-3968-3
Dépôt légal : septembre 2022
Prix : *11,99€*

Impression à la demande mise en vente en septembre 2022

Édition : BoD – Books on Demand, info@bod.fr
Impression : BoD – Books on Demand, In de
Tarpen 42, Norderstedt (Allemagne)
Impression à la demande

Chapitres

Prologue..9
Chapitre 1 : où l'on est installé.................................13
Chapitre 2 : où l'on constate des choses étranges...................21
Chapitre 3 : où l'on espionne la cuisine.........................29
Chapitre 4 : où l'on espionne le reste de la journée..................37
Chapitre 5 : où l'on tente de communiquer.............................45
Chapitre 6 : où l'on sort dans le couloir........................55
Chapitre 7 : où l'on cherche des indices.........................63
Chapitre 8 : où l'on inspecte des placards.......................69
Chapitre 9 : où l'on regarde des oiseaux.........................77
Chapitre 10 : où l'on parle des langues étrangères...................85
Chapitre 11 : où l'on est Électrique.............................91
Chapitre 12 : où l'on n'a plus de parasites......................99
Chapitre 13 : où l'on suit le vol du dragon.....................107
Chapitre 14 : où l'on traverse un labyrinthe....................119
Chapitre 15 : où l'on fait du désherbage........................125
Chapitre 16 : où l'on suit la voie du Pépère....................135
Chapitre 17 : où l'on voit la dernière porte....................143
Chapitre 18 : où l'on devient des chats des toits...................153
Chapitre 19 : où l'on ramone des cheminées......................161
Épilogue..171

À Chanel et à Iffic
Aussi à Oors et à Mado
Eggus, Phoebus et Domino
Et puis AB, Zuul et Margot
Et évidemment, Scott et Draco
Vous serez pour toujours fantastiques

Prologue

C'était par une fraîche matinée de mars. L'impensable s'était produit.

Tout d'abord arrivèrent les boîtes en carton, de toutes tailles, déposées inlassablement dans toutes les pièces de la maison par des Hectors à Gros Bras. Grison, la chatte grise et têtue qui n'aimait pas que les choses changent, et Margot, la chatte noire pour qui les choses avaient changé pour le mieux, eurent à peine le temps d'en explorer une qu'elles en furent chassées sans merci. Ces boîtes étaient là uniquement pour avaler des quantités incroyables de livres et de bibelots. Il n'y avait, là-dedans, pas de place pour les chats.

Puis les boîtes, une fois qu'elles eurent englouti tout ce qu'elles pouvaient engloutir, avaient été empilées dans l'entrée par les Hectors à Gros Bras, avant d'être emportées dans une grosse Boîte-à-Roues. C'était la plus grosse Boîte-à-Roues que Grison avait jamais vue. C'était un vrai monstre : son corps n'avait pas de fenêtres et Grison pouvait ressentir ses vibrations dans les parquets de tous les étages. Même York, le petit chien hargneux qui aboyait après tout ce qui passait dans la rue, n'avait pas osé s'y attaquer. Il n'y avait, là-dedans, pas de place pour les chats, mais Grison en était plutôt soulagée.

Puis le monstre dévora tous les meubles, un par un. Les armoires, les Boîtes-à-Livres, les Boîtes-à-Images, les tables, et même les Boîtes-à-Jeter. Enfin, les dernières affaires des Hectors disparurent dans des sacs. York décida de monter la garde sur la valise de son Vieil Hector, juste au cas où. Grison décida de monter la garde dans la valise de sa Germaine, cela lui semblait encore plus sûr. Ils en furent chassés tous les deux. Il n'y avait, là-dedans, pas de place non plus, ni pour les chats, ni pour les chiens, ni même pour les chiens-chats comme York.

Grison observa Germaine emporter une des branches de l'Arbre-Sacré-du-milieu-de-la-cour, ainsi que quelque chose qui était caché dans la terre en-dessous. Elle aurait voulu demander ce qu'il se passait à Zouzou, sa meilleure amie écaille-de-tortue qui était devenue un chat-fantôme, mais Zouzou ne se montra pas. Même les chats-fantômes n'avaient pas leur place, là-dedans.

Puis Germaine fit monter les Grands Chiens dans sa Boîte-à-Roues. Puis le Vieil Hector en eut assez de marcher sur York qui était toujours dans ses pattes ; il le prit sous le bras et grimpa sur le siège à côté de Germaine. Puis ce fut le tour de Grison et de Margot. Il fallut leur courir après et les piéger, mais elles furent impitoyablement enfermées dans des cages, et posées avec une nouvelle fournée de valises sur le canapé-arrière de la Boîte-à-Roues. Ce n'était, là-dedans, vraiment pas la place d'un chat.

Mais, par cette fraîche matinée de mars, l'impensable s'était produit. Aucun miaulement aussi déchirant qu'il fût n'aurait rien pu y changer.

Les Hectors changeaient de maison, laissant derrière eux une mitaine orpheline, trois armoires normandes trop grandes pour passer les portes, un garage plein de bric-à-brac qu'ils avaient renoncé à trier, des milliers de souvenirs imprimés dans les murs, et les dernières traces d'une petite colonie de fantômes oubliés. Et beaucoup, beaucoup de poils de chats et de chiens.

Margot essayait de regarder par la fenêtre de la Boîte-à-Roues pour savoir où les Hectors les emmenaient. Grison, elle, fermait les yeux et prétendait que rien n'était en train d'arriver. Tant que rien n'arrivait, Grison pouvait ignorer la question qui la hantait depuis l'arrivée des boîtes en carton.

Il y aurait-il une place pour les chats, là-bas ?

Chapitre 1 :
où l'on est installé

J'avais arrêté de compter les jours depuis notre arrivée dans la nouvelle maison. De toute façon, je ne savais pas compter au-delà de neuf. Les chats n'ont pas besoin de savoir compter au-delà de leurs neuf vies, après tout ! Et puis, j'avais mieux à faire que de compter. Du haut du premier étage, je guettais ma prochaine proie dans la rue. J'avais un peu de mal à rester concentrée ; un battant de la fenêtre était ouvert mais retenu par la poignée de l'autre battant. Il m'était impossible de sortir par là, mais le vent, lui, s'engouffrait entre les montants et faisait danser le petit pompon accroché à la poignée. Du coin de l'œil, je le voyais bien, il essayait de me tenter, de me distraire de ma tâche ! Ah, quel fourbe !

Les fenêtres de la chambre donnaient sur une rue qui aurait dû être ennuyeuse à mourir ; pas un chat ne s'y aventurait, même pas un petit Chat-de-Dehors pour me narguer de sa présence répugnante. Il y avait à peine quelques chiens en laisse qui ne levaient jamais le nez vers mon étage, collés comme ils étaient aux pieds de leurs Hectors.

Ah oui, « Les Hectors », c'est le nom que les chats donnaient aux humains qui leur appartenaient : « Hector » pour les mâles,

« Germaine » pour les femelles. Aucun félin n'était intéressé par les subtilités des noms humains. Les différencier ? Ah, ça c'était facile : Germaine était la chef de meute, ou de famille, comme elle disait, et qui pouvait aboyer pour se faire obéir. Le Vieil Hector était son père, un Hector de plus en plus courbé en avant et qui aimait bien réparer les choses à sa façon. Germaine avait deux fils : Hector aux Gros Yeux (à cause des pastilles qu'il avait devant les yeux) qui aimait bien mettre des pièces ensemble pour faire des objets ou des images en carton ; et le Jeune Hector qui avait des poils de tête et de menton de plus en plus longs et qui préférait les Boîtes-à-Images de toutes tailles. Il en avait même une toute petite qu'il gardait dans sa poche ! Enfin, il y avait la Jeune Germaine, qui était une « cousine », qui avait toujours l'air fâché et qui n'était pas toujours là, même dans la nouvelle maison.

La nouvelle maison. Loin de la Vraie Maison. Rien que d'y penser… non, il ne fallait pas y penser. En plus, elle était placée tout près de la ville, cette nouvelle maison. Du coup, nous avions l'Interdiction Formelle et Absolue d'aller nous promener à cause des Boîtes-à-Roues qui pouvaient nous écraser. Comme si nous étions assez bêtes pour nous faire écraser ! Je n'aimais pas aller Dehors, de toute façon. Maintenant que c'était Interdit, c'était vaguement tentant, mais j'avais trouvé mieux, oh, bien mieux !

Ces Boîtes-à-Roues, j'avais le pouvoir de les frapper de loin.

Pour de vrai ! Il suffisait que je les regarde fixement quelques secondes (jamais plus de neuf!), et les voilà qui toussaient et s'arrêtaient, juste en face de mes pattes, à travers la vitre. Si ce n'était pas une preuve, ça ! Les Hectors en sortaient, gesticulaient entre eux, ouvraient la gueule de leur machine, tapaient un peu dessus ou lui donnaient des coups de pieds, et finalement le moteur repartait dans un bruit de tonnerre. On ne m'avait peut-être pas demandé mon avis avant de déménager (jour maudit !!) mais à présent, j'avais mon dû. J'avais été une pauvre petite chatte grise martyre pendant un jour, maintenant je détruisais des Boîtes-à-Roues à volonté !

Ils ne me soupçonnaient jamais. J'accomplissais le maximum de confusion sans prendre un seul risque. C'était vraiment très satisfaisant. Le stratagème parfait pour un chat. Un Vrai Chat, bien entendu, ou presque. J'avais toujours voulu être un Vrai Chat, comme Domino le Grand Chat Noir et Blanc, ou Z…

Non. Je ne devais pas penser à ça non plus. Puisque Zouzou ne venait plus me voir, je ne daignerais pas penser à elle. Quand elle était « partie chez le vétérinaire » pour la dernière fois, elle était quand même revenue me parler, même si elle était devenue un chat-fantôme. Mais depuis que nous étions ici, pas un mot, pas un ronronnement, pas l'ombre d'une moustache ectoplasmique ! Lâcheuse. Pleutre. Mais ça m'était égal. C'était seulement que je m'ennuyais un peu, parce que j'étais seule, et qu'un pompon se balançant dans le vent ne réagissait pas même quand on lui plantait les griffes dans le corps. C'était toujours moins drôle quand ça ne bougeait pas et quand personne ne criait « aïe » ou vous regardait de travers parce que vous passiez votre patte à travers leur corps fantôme.

Que faire ? Les Hectors étaient partis faire des « courses » au « Mag Azain ». Qu'est-ce que c'était qu'un « Mag Azain », je ne le savais pas. Se déplacer là-bas pour aller y faire des courses me paraissait idiot et inutile ; s'ils voulaient vraiment courir, ils pouvaient le faire à la maison dans le couloir, pendant l'Heure de Folie, comme tout chat qui se respecte. Le seul point positif, c'était qu'ils ramenaient plein de boîtes de nourriture, après. Peut-être qu'ils les gagnaient à la course ? Pourtant, le Vieil Hector n'allait pas très vite, sur ses trois pattes. Peut-être qu'ils le mettaient sur des roulettes ? Et allez, voilà que je me remettais à penser comme un Hector. Depuis l'histoire avec le Médecin dans l'ancienne maison, ça me prenait de temps en temps. Pourtant, ça ne m'avançait à rien, ces idées bizarres.

Dans tous les cas, j'étais seule. Il était temps de faire le tour de mon territoire !

Tout d'abord, inspection du lit. C'était un lit très confortable. Puis, je fis le tour des deux grandes armoires de linge, rien à signaler. Je passai sous les deux fenêtres depuis lesquelles je surveillais la rue, pour aller dans la Salle-des-Bains personnelle de Germaine, avec sa propre litière (dotée de son indispensable rouleau de papier-dérouleur-infini-griffoir-jeu-à-chat), sa propre douche, son propre bureau et des étagères pleines de faux petits oiseaux qui n'attendaient que moi pour les aider à voler. Hop, hop, hop, je passai entre les hiboux et les chouettes, et si un oiseau tombait, ce n'était pas moi qui l'avait aidé, promis. Puis je passai voir le plus important : ma litière, mon bol de soupe, et mon bol de croquettes. Tout était en ordre. Cette chambre était parfaite, un vrai palace ! Pourquoi en sortirais-je ? Je n'avais besoin de rien d'autre. C'était mon royaume et personne ne venait m'embêter, personne, j'étais la seule reine suprême et incontestée et...

Miaaaou.

J'attendis quelques secondes. Pas un son. Bon. Donc, j'étais la reine et j'avais tous les pouvoirs. La preuve : une Boîte-à-Roues était encore bloquée dans la rue, au même endroit que toutes les autres, et ce par la seule force de mon regard félin et féroce ! J'étais impitoyable et seule régnant sur mon domaine et sur les pompons et...

Miiiaaaaaaaaaaooouuu !

Et j'allais ignorer les êtres inférieurs qui tentaient vainement de communiquer. Ils tentaient de communiquer avec moi tous les jours, et tous les jours je les ignorais aussi superbement que royalement. Ils ne se lassaient donc jamais ?

— Grison ! insista la voix rauque de Margot derrière la porte de la chambre.

Encore elle ? Cette satanée Chat-de-Dehors était devant *ma* porte ! Du calme. Si je l'ignorais assez longtemps, elle partirait, oui, comme d'habitude, il n'y avait pas de raison pour que ça change.

— Grison, insista Margot, je sais que tu es là. Grison ! Si tu ne me réponds pas, j'ouvre la porte.

Ouvrir La Porte ? Elle rêvait, elle divaguait, elle prenait ses rêves pour des réalités ! Même moi, Presque Un Vrai Chat, je ne savais pas Ouvrir la Porte. Aucune chance qu'elle p…

Hein ? *Quoi* ? Il y eut un choc contre la porte, et la poignée glissa doucement vers le bas. Oh, non. J'avais oublié que Margot, avec toute son expérience de Chat-de-Dehors-qui-avait-une-maison-avant, savait ouvrir les portes. Nom d'un petit York à roulettes !

Plus qu'une chose à faire. Filer ! Je m'élançai pour sauter sur l'étagère qui me permettait de monter sur l'armoire, point de vue idéal d'un prédateur à l'affût ; mais la poignée fit un « clic » et la porte commença à s'ouvrir, me coupant la route entre l'étagère et l'armoire. Non ! Où aller ? Derrière les hiboux ? Je ne pouvais pas leur faire confiance, et puis il n'y avait pas de place. Derrière l'armoire ? Impossible, Germaine avait bloqué l'accès avec des traversins après la fois où j'étais restée coincée là pendant des heures. Ah, la trahison ! Le fond de l'armoire, alors ? Je pouvais me fondre dans les ombres avant de fondre sur ma proie et... non ! L'armoire était fermée ! Trahison, double trahison ! Plus qu'une seule solution. Je me faufilai sous les couvertures du lit de Germaine. Là. Personne ne me trouverait ici. J'étais maître du camouflage. J'étais invisible.

La porte s'ouvrit entièrement. J'entendis les griffes frénétiques de York glisser sur le parquet. En théorie, York n'avait pas le droit d'être là. En théorie, Margot non plus. Nous avions un accord tacite, chacun sa chambre et personne ne va chez les autres. C'était en tout cas l'accord que j'avais décidé, avec ou sans leur approbation.

— Elle est où elle est où elle est *où* ?

La calamité miniature reniflait comme un fou enrhumé. York passa près du lit, juste sous l'endroit où j'étais. Il avait vraiment de la mousse dans le nez, ce clown canin. En plus, sa tête était juuuste à portée de patte, une vraie provocation. Je n'aurais qu'à soulever un peu le drap, il ne me verrait jamais arriver...

— Je te vois, tu sais, dit la voix de Margot qui avait sauté sur le lit derrière moi.

Je m'immobilisai. Si je ne respirais plus, elle ne saurait plus que je suis là.

Margot posa délicatement une patte près de moi. Pas sur moi ; ça aurait été une déclaration de guerre. Là, c'était juste une déclaration d'enquiquinade.
— Grison, je sais que tu es là, dit-elle. Je te vois toujours.
— Non tu ne me vois pas ! contrai-je.
— Je vois ta forme sous la couverture, insista-t-elle.
— C'est bien ce que je disais, moi, tu ne me vois pas !
— C'est sa *voix* !!! dit York. Elle est où elle est où elle est *où* ???

Le grattement des griffes du York tournèrent tout autour du lit, avant de s'éloigner vers la Salle-des-Bains. Où croyait-il que j'étais ? Dans la litière de Germaine ? Mais qu'est-ce qu'il avait dans le museau, celui-là ?

— Grison, dit Margot, écoute-moi. J'ai besoin de ton aide.

Chapitre 2 :
où l'on constate des choses étranges

Je n'en croyais pas mes oreilles. Allons bon ! Mon aide ? Cette Ex-Chat-du-Dehors qui savait ouvrir les portes et supporter les York avait besoin de *mon* aide ? C'était une plaisanterie, sûrement, ou alors… ou alors c'était un piège ! Qui me prouvait que c'était elle, d'ailleurs, et pas un autre chat qui imitait sa voix rauque et grinçante ? Mais il fallait avouer qu'elle savait y faire, la flatteuse. Très bien, j'allais au moins lui accorder une miette d'attention. J'allais dresser les oreilles en signe discret d'attention, et… et la couverture était trop lourde et les gardait plaquées sur ma tête. Ah, tant pis. Tourner un peu la tête vers elle serait bien suffisant pour un être inférieur dans son genre.

— Répète-le, dis-je.

— Répète-le-quoi ? demanda-t-elle.

— Ce que tu viens de dire, répète-le, insistai-je.

— Si tu insistes, dit-elle en soupirant. J'ai. Besoin. De. Ton. Aide.

Elle avait articulé comme si j'étais un peu sourde, ou un peu bête, mais la victoire était trop savoureuse pour m'attarder sur ces détails.

— Tu as neuf secondes, dis-je en me sentant généreuse.

— Il y a des choses bizarres dans la nouvelle maison, expliqua Margot à toute vitesse. J'aimerais bien que tu viennes voir avec moi.

— Vas-y avec York, répondis-je, c'est un boulot de larbin et les chiens sont faits pour ça.

— Je veux l'avis d'un autre chat, insista Margot. Je veux *ton* avis.

Ah-*ah*, elle continuait les flatteries ! C'était un piège, j'en étais sûre à présent. Elle allait me demander quelque chose de très important, comme de défier un Grand Chien, lécher une prise de l'Électrique, ou partager mes croquettes bonbons.

— Vous n'avez qu'à y aller tous les deux et me faire un rapport, répliquai-je.

— Ce serait mieux que tu viennes voir toi-même, dit Margot. C'est difficile à expliquer. Ça se *ressent*.

— Ce que je ressens maintenant, dis-je en baillant, c'est de l'ennui.

— Même les Hectors commencent à le voir, insista Margot.

— Alors ça, ça m'étonnerait ! répondis-je. Ils ne sont pas équipés pour ! Tu sais, ils ont l'air d'être comme nous des fois, mais ce ne sont pas des chats, loin de là.

— Je pense que si, dit Margot. Ils le sentent et ils sont tristes.

— Ce sont des *Hectors*, expliquai-je lentement. Ils sont trop simples pour être tristes. C'est comme York. Il n'y a pas la place dans leur tête pour ça.

— Pourtant, l'autre jour...

Margot parlait. Je voulais écouter, vraiment, rien que pour savoir si elle allait finir par me supplier, mais les oreilles de York passèrent juste sous mes pattes, en bordure de la couverture. Tous les autres sons disparurent. Le temps ralentit, seconde par seconde, afin de donner une infime dernière chance à ma proie de se mettre à couvert, ce qu'il ne fit pas. Il s'était arrêté et reniflait confusément le pied du lit. Puis le temps s'arrêta, et le monde avec lui. La panthère impitoyable que j'étais n'aurait pas de pitié, immobile et cruelle, ma patte incarnait le destin sans merci qui allait s'abattre aveuglément sur sa victime innocente et…

— *YORK !* jappa York en bondissant comme un crapaud survolté hors de mon champ de vision. On m'a frappé qui m'a frappé qui m'a *frappé* !?? Qui ça ou ça qui ça, c'est un fantôme invisible !! York york *york* !!

En plein dans le mille, entre les deux oreilles ! Ah, c'était un joli coup, un de mes meilleurs ! Je regrettais presque de ne pas avoir sorti les griffes, mais je pouvais toujours garder ça pour plus tard. Dès qu'il repasserait. Pour l'instant j'entendais ses griffes danser sur le parquet comme s'il avait été mordu par un korrigan.

— C'est juste Grison, dit Margot. Du calme. Respire.

— Je respire !!! jappa encore York. Je respire je respire je *respiiiiiire* !!!

— Je n'ai rien fait, dis-je en admirant les coussinets de mon arme secrète. Tu ne me vois pas, donc, je n'ai rien fait ! C'est *logique* !

— Je *peux* te voir, dit Margot en tirant la couverture pour dévoiler ma tête.

C'était bien Margot. Elle n'avait pas changé, presque pas ; elle avait toujours l'air d'un tas de poils informe et huileux avec deux yeux malsains posés au hasard et un peu en-dessous des oreilles. Sauf que sa fourrure n'avait plus de trous. Elle se gratta un peu, nerveusement, mais largement plus autant qu'avant où elle s'arrachait des touffes entières de poils. Elle en faisait à peine voler un ou deux ! Non, elle avait presque l'air d'un chat respectable, maintenant. Presque. C'était très décevant. Margot avait réellement échangé son rôle de Chat-du-Dehors pour devenir Chat-noir-mais-si-ils-portent-bonheur-je-vous-dis.

« Porte-Bonheur » ? Dans ses rêves, oui. Elle ne portait même pas bien le noir.

Et puis vraiment cette collaboration Chien-et-Chat était bien la preuve qu'ils allaient autant de travers l'un que l'autre et que leur plan était forcément idiot. Ou voué à me nuire. Ou très probablement les deux.

— Alors, demanda Margot en se grattant de l'autre côté sans doute pour égaliser, tu vas nous aider ?

Je la regardai fixement. Quel dommage que mon pouvoir sur les Boîtes-à-Roues ne fonctionnait pas sur les chats. Ça aurait été amusant de voir Margot tomber en panne et gesticuler et repartir en toussant...

— Tu écoutes ce que je te dis, en fait ? demanda Margot.

— En fait, non, répondis-je.

Clang clang clang, schratch schratch. Qu'est-ce que c'était que ça, encore ? Le bruit venait de la Salle-des-Bains de Germaine. Et quelque chose manquait près du lit. Ah oui, le grattement des griffes de York. Où était passé York ??

— Il a trouvé ta soupe, dit Margot sur un ton nonchalant. Il est dans tes gamelles.

— *QUOI* ?

Je me penchai au bord du lit afin de constater l'affront par moi-même. York avait le nez dans dans le bol qui m'était réservé, à *moi*, et à moi *uniquement*. Le plumeau ridicule qui ornait son arrière-train frétillait comme un poisson sorti de l'eau. Mais c'est qu'il me narguait, l'excité du bocal !? Pour qui il se prenait ? Oh j'allais lui faire manger son plumeau, à cette saucisse hirsute ! Il allait regretter d'être né York, celui-là !

L'andouille courte sur pattes leva le nez de ma soupe, me narguant du coin de son œil gauche. Parfait. Le jaguar de la jungle, reine de la chasse solitaire que j'étais, allait attaquer par la droite. Se plaquant au sol, retenant sa respiration, se préparant à bondir… mais pour ça il fallait sortir de sous la couverture, et c'était très confortable, sous cette couverture. Je n'allais tout de même pas m'exposer et me rendre vulnérable, rien pour un chien d'égout !

— Tu veux que je m'occupe de lui ? proposa Margot. Tu veux que je le tape pour toi ?

— Pourquoi tu ferais ça ? demandai-je. Tu l'aimes bien, non ?

— Justement, répondit Margot. Pour son bien, il faut lui apprendre les limites.

— Choppe-le, dis-je finalement avec une pointe de méfiance tout de même.

Elle me donna un petit coup de tête sur l'épaule en signe d'accord, puis sauta sur le sol. Si elle tenait à se rendre utile, peut-être, *peut-être* qu'elle remonterait un peu dans mon estime. Mais c'était improbable. Au mieux, ce serait amusant.

Mais avant que Margot ne put atteindre le plumeau de York, il y eut un horrible grésillement montant de tous les fils sur les murs. Les lampes se mirent à clignoter, et l'écran de la Boîte-à-Images s'alluma soudain, plein de rage et de petits carrés de lumières qui se poursuivaient les uns les autres. York jappa contre le mur comme s'il était prêt à défendre ma soupe de sa vie, mais une guirlande de petites étincelles passa près de lui ; même son instinct de gardien fut submergé par la terreur et il fila sous le lit comme s'il y avait de l'orage. Margot me regardait avec des yeux ronds, aplatie sur le lit de peur, mais observant mes réactions. À quoi elle s'attendait ? Pensait-elle que j'allais m'enfuir en courant ? J'étais sous la couverture ; je n'allais pas quitter mon abri si facilement ! Si elle voulait ma place, elle pouvait attendre longtemps, la gueuse !

Soudain, tout s'arrêta. Enfin, presque tout ; l'écran de la Boîte-à-Images était toujours allumé, mais il n'y avait plus de bruits ni de carrés, on y voyait juste des Hectors tout plats qui gesticulaient et parlaient en silence. Eh bien, voilà, ce n'était pas la peine de paniquer. Vraiment, Margot et York s'inquiétaient pour un rien. Bon, il était temps de me redonner une contenance. Je voulus me lécher les pattes, mais elles étaient toujours sous la couverture. Je devais trouver une autre stratégie.

— York, dis-je sur mon ton le plus méprisant, qu'est-ce que tu as encore fait ?

— Mais rien ! jappa lamentablement York qui avait des morceaux de ma soupe sur son museau.

— C'est ton Hector qui s'y connaît en électrique ! accusai-je. C'est forcément de ta faute !

— Mais non ! *York*, à la fin !!!

— C'est de ça dont je parlais, dit Margot. Ce genre d'étincelles arrive dans toute la maison.

— Ce n'est rien du tout, dis-je. La preuve, ça s'est arrêté !

— Mais ça recommencera, dit Margot. Et ce n'est pas la seule chose...

— *York* ! interrompit York. Les filles les filles les filles ! Arrêtez ! Vous entendez ça ?

J'entendais. C'était pire que les étincelles, bien pire que la Boîte-à-Images. C'était dans les escaliers, les pas des Hectors qui revenaient avec tous leurs sacs de courses ! Et la porte de la chambre qui était ouverte !

— Et ben il se passe quoi ici ?

Germaine était arrivée à la porte de la chambre, et regardait Margot avec un air surpris. Enfin, elle regardait la place où s'était tenue Margot cinq secondes plus tôt. L'anguille huileuse s'était fondue dans les ombres de l'armoire ; je devinais ses yeux dans la pile de linge qui m'était réservée. Elle m'avait pris ma place ! Elle serait châtiée de sa témérité ! Mais plus tard. York, lui, avait filé sous le lit. J'entendais ses griffes se déplacer lentement sous le sommier, vers le coin du lit le plus proche de la porte.

— La télé s'est encore allumée toute seule ? C'est toi qui as joué avec la télécommande, ma Grison ?

Je pris mon air le plus indigné. Moi ? Jouer comme un chaton avec le bâton-de-commande ? Jamais ! Ou en tout cas, pas là ! J'avais des témoins ! Ce n'était même pas moi qui avait laissé des traces de dents sur le bâton, non plus.

— Ça va ma Grison, tu fais une drôle de tête ? Allez, viens

manger tes bonbons ! On t'en a trouvé, au magasin !

Du coin de l'œil, je vis l'ombre de Margot s'enfuir par la porte restée ouverte. York, depuis sa cachette sous le lit, courut sur ses talons. Les mécréants, une vraie bande de vauriens ! Je m'occuperai de leur cas ! Mais plus tard. Je me levai, vite, avant que Germaine ne change d'avis à propos des bonbons. Un chat, même un chasseur solitaire, a ses priorités, tout de même.

Et si chacun respectait ses priorités, tout allait forcément bien dans le meilleur des mondes.

Chapitre 3 :
où l'on espionne la cuisine

Margot avait sûrement tort, quand elle disait que les Hectors étaient tristes. C'était connu, par défaut, un ancien Chat-de-Dehors avait toujours tort, donc : Margot s'inquiétait sûrement pour rien. Et j'allais le prouver ! J'allais en avoir la preuve en écoutant les Hectors eux-mêmes ! Et peut-être en essayant de penser comme eux, comme nous l'avions fait dans l'ancienne maison quand les fantômes avaient commencé à arrêter les horloges. Ce n'était pas évident, mais nous avions fini par les comprendre, ces énergumènes ! Ce n'était pas si compliqué, enfin ! Il me suffisait de me coucher sur le parquet juste derrière la porte de la chambre (qui était fermée), et tous les sons me parviendraient, prouvant que j'avais absolument et irrévocablement raison. C'était le milieu de la journée des Hectors et ils allaient passer à table. C'était d'autant plus parfait que la cuisine se trouvait en face de la porte de la chambre de Germaine ! C'était comme si l'univers confirmait à l'avance ce que je savais déjà ! Les Reines Grison ont toujours raison, et les Stupides Margot ont toujours tort. C'était ainsi.

Tonk-tonk-tonk-tonk-tonk-tonk. Ça, c'était les pieds des Jeunes Hectors. *Toc-toc-toc toc-toc-toc.* Le Vieil Hector arrivait sur ses trois pattes. *Schritch-schritch-schritch-schritch.* York le suivait de près, et il était plus que temps de lui couper les griffes, si les

Hectors voulaient mon avis. Non seulement ce ridicule chien-chat allait rayer tout le parquet, mais il avait le droit d'entrer dans la cuisine pendant les repas, lui. Je tolérais cette insubordination parce que je savais que l'enfermer dans la chambre du Vieil Hector n'aurait pour effet qu'un concert d'aboiements suraigus aussi agréables que le son du verre pilé frotté contre une ardoise. Mes oreilles en frémissaient encore, rien qu'au souvenir de ce crissement infernal.

Snif-snif-snif-snif. Oui, idiot, je pouvais voir ton nez sous la porte. Pourquoi reniflait-il toujours comme si aspirer la poussière allait l'aider à mieux sentir ? Et que pensait-il trouver, à part moi ? Je me grattai le dos contre le plancher, ignorant sa présence. Je devais reconnaître que ça m'avait manqué, de lui taper sur la tête. Pour jouer, bien sûr. Quoi d'autre ? Peut-être que je devrais le provoquer un peu pour le faire revenir. J'avais peut-être encore le temps de lui souffler un peu dans le nez sous la porte, ou bien…

— Eh bien, qu'est-ce que tu fais, encore ? dit la voix du Vieil Hector. Je sais, je sais, il y a Grison dans la chambre. Laisse-la tranquille, tu veux ? Allez viens ici, mon bonhomme !

Dommage. Il ne perdait rien pour attendre, le vil voleur de soupe. Un chat n'oubliait jamais !

— Dis Maman ? dit la voix du Jeune Hector. C'est normal que l'eau des pâtes soit froide ?
— Comment ça, froide ? dit la voix de Germaine. Elle chauffe depuis dix minutes !
— Elle est froide ! Eh voilà, le gaz s'est encore éteint en-

dessous ! C'est pas possible, ça.

— Alors rallume-le !

— Oui mais je vais être en retard, moi ! Je ne vais pas avoir le temps de manger ! Tu sais que je n'ai pas le temps ! J'ai un métier, moi !

Depuis quand les Hectors avaient-ils des métiers ? Qui était assez fou pour leur confier une telle responsabilité ? Impossible ! Ils étaient comme des chatons ! D'un autre côté, je ne savais pas où allait le Jeune Hector tous les jours, mais ça avait l'air important. Les Hectors étaient toujours, toujours pressés, et ils mettaient des portes partout pour entrer et sortir, mais ils ne semblaient jamais vraiment aller nulle part. C'était le Paradoxe des Hectors.

En revanche, je savais que le « gaz » chez les Hector, c'était une flamme qu'ils allumaient sous une grille où ils faisaient cuire de la nourriture dans des pots. Il ne fallait surtout, surtout pas toucher ces flammes. J'avais essayé, une fois, quand j'étais très jeune, et encore innocente. A présent j'avais tellement d'expérience ! J'avais sûrement atteint la Sagesse des Chats ! Ou en tout cas, je n'en étais sûrement pas loin ! Comme Domino le Grand Chat Noir et Blanc qui nous avait expliqué quoi faire quand nous avions eu des problèmes avec un Hector fantôme, un Médecin, il y avait quelques temps. Domino avait été très fort en énigmes. Les Énigmes étaient même la Sagesse Ultime du Chat.

— Mais ce n'est pas possible, regarde ! dit le Jeune Hector dont la voix ramena mon attention sur leur conversation. C'est éteint, encore !

— Bon ben qu'est-ce que tu veux que je te dise ? répondit Germaine. Rallume-le, encore !

— Non mais je n'ai plus le temps, moi ! Laisse tomber, je vais prendre du pain et manger en vitesse !

Il y eu des froissements de papier, puis des coups, un « aïe ! », un « *pousse-toi !* » suivi du grondement d'une chaise que l'on traînait par terre, puis un « *trop petite cette cuisine !!* » accompagné du bruit sourd de la porte de la Boîte-à-Froid qui s'ouvrait, puis du « *cling-cling-cing* » de vaisselle que l'on cognait.

— *Aïe !* cria la Jeune Germaine.
— Quoi encore ? dit Germaine.
— La table de la cuisine m'a attaqué les genoux !
— Cette cuisine est trop petite, je le dis et je le répète ! dit le Jeune Hector.
— C'est la table qui est de plus en plus grande ! dit la Jeune Germaine. Et je te jure, elle est ronde, mais des fois je me cogne sur des coins !
— Moi je dis qu'elle se déplace, dit Gros Yeux. C'est parce que le sol n'est pas droit.
— Mais ce n'est pas toujours du même côté ! dit la Jeune Germaine.
— Alors c'est qu'on la pousse !
— Quand on est assis ?
— Bah oui ?

Bon, là, c'était clair. Leur problème était simplement que la cuisine était trop petite, et qu'ils étaient trop maladroits. Quelle idée aussi de manger assis sur des chaises ! Tout le monde savait qu'il valait mieux manger par terre, aucun coin de table ne venait vous attaquer là. Mais sans tables sur lesquelles grimper, il fallait reconnaître que la vie serait plus triste pour les chats. C'était bien la preuve que les Hectors avaient décidé de vivre ainsi uniquement pour nous servir.

— Un jour, dit Germaine en éveillant à nouveau mon attention, on va passer à travers le sol. Il se déforme, il va s'effondrer.
— Et puis les portes claquent ! dit Gros Yeux.
— C'est vous qui êtes des sauvages, dit le Vieil Hector.
— Non, ça bouge, ma porte ne ferme plus parce que le parquet a bougé, dit Gros Yeux.
— Oui, Papa ! dit Germaine. C'est vrai, la maison bouge !
— C'est n'importe quoi ! dit le Vieil Hector en riant. Vous êtes tous fous ! C'est juste le bois qui travaille !
— C'est pire que ça, dit la Jeune Germaine. La maison bouge, mais pas tout le temps. Des fois elle se remet en place. Elle respire ! Elle est vivante !
— Eh ben, dit le Vieil Hector, tu devrais écrire des histoires, toi. Bon, mon petit-fils, c'est bon, tu as ce qu'il te faut ? demanda-t-il. On peut se rasseoir ?
— Ouais, ouais, dit le Jeune Hector, vous pouvez. Bon, j'y vais !

Tonk-tonk-tonk-tonk. Les pas du Jeune Hector s'éloignèrent. Puis se rapprochèrent à nouveau.

— Où sont mes clefs ? demanda le Jeune Hector. Qui a pris mes clefs ?
— Qu'est-ce que tu veux qu'on fasse de tes clefs ? demanda la

Jeune Germaine.

— Je les ai accrochées là ! dit le Jeune Hector. Comme d'habitude ! Et elles n'y sont plus !

— Elles ne sont pas tombées par terre ? dit la Jeune Germaine.

— Non mais dis que je suis aveugle et bête, tant que t'y es ?! répondit le Jeune Hector.

— Bon, tiens, prends celles de ton frère, dit Germaine.

— Je ne veux pas les siennes, je veux les miennes !

— Ah ben il faut savoir, tu vas être en retard ou pas ? Prends ses clefs et on va retrouver les tiennes !

— Rhaaa ! Cette maison me rendra fou !!

Il y eut des bruits de clefs. Les pas s'éloignèrent à nouveau, et la porte du couloir claqua brutalement.

— Sauvage ! cria le Vieil Hector. Les vitres vont tomber !

— Je n'ai pas claqué la porte !! répondit le Jeune Hector de très loin vers le bas de l'escalier. Je suis déjà parti !!

— C'est un courant d'air peut-être ? dit Gros Yeux. Il y a peut-être une fenêtre ouverte ? Tu veux que j'aille voir ?

— Non, ce n'est pas la peine, dit Germaine. Surveille plutôt les pâtes et allume la télévision.

La Boîte-à-Images de la cuisine commença à poser des questions aux Hectors. J'arrêtai d'écouter. Ces énigmes étaient parfaitement stupides, et leurs réponses n'avaient aucun sens pour un chat. Ils demandaient des noms ! Ou des chiffres ! Ce n'était même pas un peu stimulant intellectuellement. Stupide Margot, pensai-je en sentant mes paupières se fermer. La cuisine était simplement trop petite, et les Hectors se cognaient et perdaient leurs affaires. Rien de grave ! Si elle s'inquiétait pour si peu, c'est qu'elle ne connaissait pas nos Hectors. Elle n'avait pas encore l'habitude d'eux, c'était tout ! Oui, ils se chamaillaient, mais ils étaient toujours comme ça, et ils ne se laisseraient pas abattre par une bête porte et de stupides clefs.

Je fus réveillée en sursaut par des cris contre la Boîte-à-Images qui semblait-il s'était bloquée avant de répondre à une question importante. Je m'étirai, baillai, me rendormis en partie, recommençai l'opération depuis le début. C'était la dernière fois que je dormais par terre, ça je pouvais le jurer ! Ce n'était pas digne d'un chat royal et vénérable comme moi, et j'étais toute engourdie ! Je ne dormirai plus jamais que sur un lit, voilà. Ou éventuellement une pile de linge, dans l'armoire. Ou le panier de York, si jamais je trouvais où il était.

Pendant le temps qu'il me fallut pour complètement retrouver ma souplesse féline optimale, les Hectors avaient débarrassé la table et se préparaient pour la suite de leur journée. J'avais raté le départ du sac-à-puces surexcité ? Ah, bah, tant pis. Germaine alluma les jets d'eaux de lavage des gamelles.

Après le repas, c'était l'Heure de La Sieste : chacun allait dans sa chambre et se reposait, ou faisait ce qu'il voulait, tant que c'était en silence et dans son coin. C'était un trait de génie, vraiment, sûrement une idée de chat ! C'était un moment sacré de calme et de sérénité. Germaine s'installait sur son lit pour regarder sa propre Boîte-à-Images qui lui racontait des histoires qui finissaient toujours bien (du moins c'est ce que je comprenais). Elle allumait ses Coussins-Chauds, et je venais avec elle pour profiter de la chaleur. Rien que pour ça, bien évidemment. Quoi d'autre ? J'étais une reine chasseresse solitaire, après tout. Et mes articulations avaient bien besoin de la chaleur des coussins. Rien de plus.

Chapitre 4 : où l'on espionne le reste de la journée

Les jets d'eau du lavage des gamelles des Hectors s'étaient arrêtés ; Germaine allait arriver dans la chambre d'une minute à l'autre. Je ne devais pas rester là, ou Germaine allait croire que je voulais sortir, ou pire, que je m'intéressais à ce qu'il se passait dehors. Ah non, plutôt mourir ! Je me cachai, l'air de rien, en haut de l'armoire. Je ne ressortis de ma cachette imprenable que lorsque Germaine fut prête, allongée sur son lit avec ses coussins-chauds et son bâton de commande pour la Boîte-à-Images.

— Eh bien, ça ne marche plus ? dit Germaine en brandissant le bâton de commande vers la Boîte-à-Images. C'est encore les piles, je parie.

Germaine ouvrit son bâton et en sortit des petits tubes en métal. Puis elle ouvrit le tiroir de sa table de nuit pour prendre autant de nouveaux tubes, qu'elle enfila dans le bâton.

— C'est la troisième fois cette semaine, quand même. Je ne comprends pas. Non Grison, ne joue pas avec ça.

Ploc ploc ploc, firent les petits tubes en tombant sur le tapis. Ce n'était pas moi ! Ils étaient venus près de ma patte. Et puis, ils méritaient de tomber. Comme les petites fausses chouettes sur les étagères ! Je ne faisais que les guider vers la liberté.

Germaine soupira, s'emmitoufla à nouveau dans ses couvertures et sous ses coussins-chauds et regarda son histoire qui finissait bien. J'entendais, au-delà des Hectors qui parlaient dans la Boîte-à-Images, des petits grésillements qui semblaient venir des fils qui attachaient les Boîtes au mur. Je fermai résolument les yeux. Les grésillements, ce n'était rien. Tant que je pouvais ignorer quelque chose, c'est que ce n'était pas important. Les Hectors tout plats sur l'écran eurent leur fin d'histoire heureuse, et Germaine soupira encore, avant d'éteindre la Boîte-à-Images et de se lever. J'avais un léger doute, tout de même. Les Hectors soupiraient quand ils étaient heureux, n'est-ce pas ? N'est-ce pas ?

Après la Sieste, les Hectors avaient le droit de se mettre à plusieurs par pièces et parler fort ou de taper sur les murs. Je ne comprenais pas ce besoin de taper sur les murs pour y accrocher des choses que l'on ne pouvait même pas renverser. Il faudrait un jour leur expliquer que les objets en hauteur n'avaient d'intérêt que lorsqu'ils tombaient. Ces Hectors, vraiment. Il fallait tout leur apprendre.

Comme apprendre, par exemple, à ranger leurs « ciseaux ». Les Hectors passaient tout leur temps à les chercher ! Ces ciseaux avaient une maison, pourtant, dans un tiroir spécial où ils devaient tous revenir, mais soit les Hectors ne les rangeaient pas (ce qui me semblait le plus probable parce qu'ils étaient tout de même très distraits, et je ne savais pas comment ils auraient survécu sans nous) soit… soit quoi ? Les tiroirs, c'était comme les portes fermées et, une porte fermée, on ne savait jamais ce qu'il y avait derrière. Si elle restait fermée assez longtemps, tout pouvait se transformer ! Les meubles pouvaient bouger, les Hectors pouvaient même disparaître ! Voilà ce qui arrivait, quand on empêchait les chats de surveiller ce qu'il se passait dans toutes les chambres ! Donc… les ciseaux dans le tiroir disparaissaient quand on le fermait. Il suffisait de le laisser ouvert ! La solution était facile ! Malheureusement, les Hectors n'avaient pas l'air de comprendre, non seulement ils continuaient à fermer le tiroir, mais ils ramenaient toujours plus de nouveaux « ciseaux » pour remplacer ceux qu'ils avaient perdus. Comment leur faire comprendre ?

Je n'avais toujours pas trouvé comment leur expliquer pour les tiroirs quand Germaine appela pour l'Heure du Thé. Le Thé, c'était une boisson chaude dégoûtante et amère que la Jeune Germaine m'avait fait sentir, une fois. La vapeur m'avait irrité le nez ! Quelle idée de boire un truc pareil ! Les Hectors devaient sûrement en prendre en punition, ou alors comme un médicament. Je leur laissais volontiers. Mais comme ils le prenaient dans la cuisine, je pouvais me mettre en poste sur le tapis devant la porte, les oreilles grandes ouvertes. Il y avait des bruits de gamelles qu'on range.

— *Aïe* ! s'écria Germaine.

— Eh ben, dit le Vieil Hector, qu'est-ce qu'il y a, encore ?

— Ce n'est rien, dit Germaine, j'ai encore pris le jus en touchant ce stupide lave-vaisselle en même temps que l'évier. Il faudrait vraiment qu'on fasse regarder cette installation électrique.

— Je t'ai dit que j'allais le faire !

— Oui Papa, mais je voudrais que ce soit par quelqu'un de professionnel.

— Je suis un professionnel !

— Un professionnel de ce siècle, Papa.

— Oooh, alors, si tu le prends comme ça ! dit le Vieil Hector en riant, avant de commencer à chanter quelque chose sur un grand-papa qui avait des vieilles culottes de soie, ce qui n'avait aucun rapport avec la situation, comme souvent avec le Vieil Hector.

Eh bien voilà, s'il chantait, c'est qu'il n'était pas triste ! Ou bien demandait-il de la « couture » ? Il manquait peut-être des boutons à sa culotte ? Les boutons, je connaissais bien. C'était rangé dans des petites boîtes qui ne fermaient pas et qui faisaient de très beaux tableaux sur le sol une fois renversées. C'était de l'art éphémère félin, voilà ce que c'était ! Si seulement les Hectors l'appréciaient à sa juste valeur ! Mais les grands artistes étaient trop souvent des incompris, surtout quand il s'agissait de chats...

Mais !? Voilà qu'ils se déplaçaient encore. Nom d'un petit York, mais qu'allaient-ils faire, après le Thé ? Ils s'étaient éloignés dans le couloir, mais j'entendais encore leurs voix.

— Bon pour la dernière fois, à qui est cette chaussette ? dit Germaine.

Ah ! Oui. Je connaissais bien ça. C'était l'heure du Tri de Linge Propre, ou plus précisément, le rituel du « Mais À Qui C'Est Ça ? ».

— Pas à moi, répondit le Vieil Hector.

— Pas à moi ! répondit la Jeune Germaine.

— Elle est bien à quelqu'un ! insista Germaine. Comment elle est arrivée là, sinon ?

— Elle est jaune, dit la Jeune Germaine. Je ne porte pas de jaune.

— Moi non plus, dit le Vieil Hector.

— Moi non plus ! dit Germaine. Et les garçons ne portent que du noir.

— Mets-la avec les autres qui ne sont pas à nous, dit le Vieil Hector.

— Bientôt, dit la Jeune Germaine, on en aura assez pour ouvrir une boutique en ligne de chaussettes orphelines.

— Parlant de chaussettes orphelines, dit Germaine, Papa tu n'as encore mis qu'une seule chaussette dans le linge sale. Regarde, il n'y en a qu'une comme ça.

— Ah non alors ! se défendit le Vieil Hector. J'ai mis les deux !

— Alors où est l'autre ?

— Sous le lit ? dit la Jeune Germaine. Elle est peut-être tombée ? Non, il n'y a rien.

— J'ai mis les deux dans la machine, dit le Vieil Hector. Je me revois le faire.

— Mais ce n'est quand même pas la machine qui l'a mangée ! dit Germaine.

— Eh bien, peut être ! dit le Vieil Hector.

— Et tant qu'elle y était, dit la Jeune Germaine, elle nous en a donné une jaune en remplacement ?

— Ben voyons, dit Germaine. Je ne comprends pas, et ça m'énerve !

Je baillai à m'en décrocher la mâchoire. Qu'ils étaient ennuyeux, avec leurs chaussettes ! C'étaient des inventions démoniaques et le premier qui essayerait de m'en faire porter perdrait sa main à coup sûr. Et puis ça sentait mauvais ; soit ça sentait les pieds sales d'un Hector, soit ça sentait la lessive qui pique le nez. Moins il y avait de chaussettes dans le monde, à mon avis, et mieux il se portait. Et puis pourquoi s'embêter à les ranger par deux ? Elles se ressemblaient toutes ! C'était encore une faiblesse des Hectors, d'avoir des pieds trop fragiles et qui avaient besoin de chaussettes. Et puis ils n'avaient pas de fourrure et ils étaient obligés de porter des vêtements. Germaine, en particulier, mettait des tas de vestes et de gilets parce qu'elle avait toujours froid. Et puis ils étaient obligés de les laver tout le temps parce que, en plus, leur langue n'étaient pas du tout faite pour nettoyer quoi que ce soit. Ils étaient tellement désavantagés !

Germaine revint dans la chambre avec sa pile de linge propre. Je fis un petit tour dans l'armoire pour montrer que je n'avais besoin de personne, et que je n'écoutais toujours pas aux portes. Et puis quoi, encore ! Tout allait bien, clairement, et je n'avais pas à m'en mêler. « *Mais ils sont tristes* », répéta une petite voix rauque dans ma tête. J'enfonçais ma tête entre mes pattes. Absurde Abomination Adoptée.

— Grison pousse toi un peu, que je range les affaires.

On me chassait, à présent ! C'était le comble ! Ah, mais je n'allais pas me laisser faire, pas après tous les efforts que je faisais pour les aider ! Je sautai de l'armoire et je tournai autour du pied du lit, me frottai contre le bois, trouvai un bon endroit tendre pour m'y accrocher les pattes...

— Grison ! Pas de griffe sur mon lit ! Je te l'ai déjà dit !

Griffer ? *Griffer* ?! Ce n'était pas *griffer*, je vous prie ! Je marquais mon territoire, et ma désapprobation royale ! Cette pièce était à moi et je n'avais d'ordre à recevoir de personne, pas de Germaine, même pas de ma conscience, surtout si elle avait la voix de Margot. Pour bien montrer mon mécontentement, je bondis sur la table de nuit, et m'assis résolument sur le Plateau-à-Images Interdit.

— Grison, mais qu'est-ce que tu as, ce soir ?! Descends de mon ordinateur portable ! Allez, s'il te plaît.

Je ne savais pas ce qu'était un « ordinateur portable ». Tout ce que je savais c'était que le Plateau-à-Images était juste de la bonne taille pour me chauffer le derrière, même si lorsqu'il était ouvert les petites touches pinçaient mes poils. Donc, il était à moi. Comme tout le reste, d'ailleurs.

— Oh, fais ce que tu veux, après tout ! dit Germaine en levant les bras en l'air. Tout va de travers dans cette maison, de toute façon ! Et puis je dois préparer le dîner !

Germaine quitta la chambre. Je m'allongeai sur le lit ; j'en avais assez entendu, espionner toute la journée m'avait épuisée, et j'en avais assez d'essayer de penser comme les Hectors. En plus, le soir, des gros lourdeaux de Chien-Lion et Chien-de-Chasse passaient devant la porte en reniflant comme des hippopotames, je ne pouvais pas m'installer là pour écouter. Je fis ma toilette pour me détendre un peu, et ignorer la petite voix rauque de Margot qui revenait me hanter.

Stupide Margot. « *Ils sont tristes* ». Est-ce que les Jeunes Hectors et la Jeune Germaine se chamaillaient vraiment plus qu'avant ? Est-ce que le Vieil Hector faisait plus souvent semblant de n'entendre personne en sifflotant ? Est-ce que Germaine avait plus souvent froid ? C'était impossible à dire. C'était des choses d'Hector. Ça pouvait être absolument normal pour eux. *Mais ils sont tristes...*

Du coin de l'œil, je crus voir passer une souris. Une souris qui aurait été assez moche, même pour une souris, et qui m'aurait tiré la langue en remuant ses pattes pour me provoquer. Mais lorsque je tournai la tête, il n'y avait rien. Ça ne sentait même pas la souris. Voilà que je voyais des choses, à présent. C'était sûrement la faute de Margot.

Eh bien, si les Hectors étaient tristes, que pouvais-je y faire ? Aller voir les soi-disant phénomènes bizarres de Margot ? Mais pour ça il fallait sortir de la chambre, et j'étais très bien où j'étais. Margot n'avait qu'à le faire elle-même. Moi, pour me faire sortir, il faudrait se lever de bonne heure.

Ou être Zuul.

Chapitre 5 :
où l'on tente de communiquer

On était au milieu de la nuit. Comme d'habitude, après le dîner, tout le monde était allé se coucher. Germaine avait laissé sa Boîte-à-Images allumée, mais elle dormait à poings fermés. Je le savais, parce qu'elle ronflait légèrement, et qu'elle n'avait pas bougé lorsque je lui avais marché sur la main. Je m'étais donc ensuite et en toute logique installée entre ses genoux. Là ! Je les tenais bien en place. Il ne manquerait plus que Germaine marchât dans son sommeil ! C'était dangereux. Heureusement que j'étais là pour la surveiller et la protéger.

Soudain, la Boîte-à-Images clignota, puis se couvrit de petits carrés qui s'agitaient sur l'écran. Oh, non, pas encore ! Je me cachais la tête sous mes pattes et fis semblant de dormir profondément.

— *SchshrhththchhGrisonbhchchhhrhrhtht...*

Non, merci. Je n'étais pas là. Je n'entendais rien. Inutile d'insister.

— *SchrhehchthbhhchthshGRISONchchthhrshh...*

Voilà que j'entendais des mots dans des grésillements ! En plus, ces mots semblaient énervés contre moi. Raison de plus pour faire semblant de ne pas entendre, à mon avis. Rien de bon ne pouvait venir de mots énervés comme ça.

— *SchschshthfhschcshGRISON-C'EST-MOI-ZUULscchhrrrh-chhchchRE-GARDE-MOI-NOM-D'UN-PETIT-YORKschchshhh...*

Zuul ? Zouzou ! Avant de pouvoir me méfier, ou échafauder un stratagème pour la faire attendre, j'avais levé la tête, les yeux grands ouverts. Sur l'écran de la Boîte-à-Images, il y avait bien la tête de Zouzou, entourée des petits carrés qui dansaient toujours une farandole infernale. En tout cas, c'était la tête qu'elle aurait eue si elle s'était collé le visage contre une vitre. Ça lui faisait un petit œil fermé et un œil grand ouvert. C'était un peu déstabilisant, tout de même.

— Je vois bien que c'est toi, dis-je sur le ton le plus détaché possible (du moins c'était ce que j'espérais). Que fais-tu dans la Boîte-à-Images de Germaine ?

— *C'EST-LE-SEUL-MOYENchshshtHCHTHTHH... LE-SON-EST-TROP-FORTscshhchhhehh PAS-RE-VEIL-LERchshththGER-MAINE...*

— Elle dort, répondis-je. Tu sais qu'elle dort mieux quand la Boîte-à-Images est très forte.

— C'est vrai, dit Zouzou dont l'image et le volume semblait se stabiliser. Bon, je n'ai pas beaucoup de temps...

— Comment tu fais ça ? demandai-je avec une certaine fascination.

— Comment je fais quoi ça ? demanda Zouzou.

— Les petits carrés partout autour de toi ? C'est un truc de chat-fantôme ?

— Ce sont des parasites, répondit Zouzou. Grison, je dois te dire…

— Comme des puces ? demandai-je en regardant danser un petit carré sur la truffe de Zouzou.

— Quoi ? Non pas comme des puces. Grison, concentre-toi un peu !

— Oui, oui, je t'écoute, pas la peine de crier, dis-je en roulant des yeux. On ne te voit pas pendant des années, et tout d'un coup, tu arrives en hurlant !

— N'exagère pas, corrigea Zouzou, ça ne fait pas des années. Tu ne sais même pas ce que ça fait, des années.

— Peut-être mais je sais que ça fait longtemps ! répliquai-je. Et puis j'avais dit que je ne penserais plus à toi ! Donc je ne vais plus y penser !

— Grison, tête de mule ! feula Zouzou. C'est important ! La maison est*shcshchsthththt*...

Non ! Inutile d'insister ! Je n'y pensais pas, je n'y pensais même pas ! Et pendant que je n'y pensais pas, je regardais l'écran du coin de l'œil. La tête de Zouzou semblait être mangée par les petits carrés. Ça me faisait mal aux yeux, alors je me concentrai sur une de mes griffes, coincée dans une maille de la couverture. Stupide griffe. Elle devait être trop longue, je ne l'avais pas assez usée. J'allais devoir marquer les meubles un peu plus.

— *Schchctshs*la maison est*chcshshthehe*, reprirent Zouzou et ses parasites.

— Dis donc, lâcheuse, dis-je. Si c'est pour disparaître à peine arrivée, ce n'était pas la peine de venir.

— Je dis*chchcshshthth...*

— Tu dis, tu dis, insistai-je, tu ne dis pas grand-chose, là.

— *Hchstchschshtthshshssh...*

— Si tu essayes de te rendre intéressante, tu sais, ça ne marche pas. Ça devient plutôt ridicule.

— *SchchththhhGRISON-TÊTE-DE-MULE-LA-MAISON-EST-MAUDITE !!! IL-FAUT-QUE-TU...*

Et avec ça, l'image de Zouzou disparut complètement pour laisser place à une Germaine à paillettes qui dansait en levant les bras.

Je fixai l'écran pendant encore de longs instants. Pour un son. Un signe. Quelque chose. N'importe quoi, même des petits carrés fous furieux. Mais non, rien n'arriva. Mes pouvoirs devenaient réellement puissants, si je pouvais faire disparaître un chat fantôme ! Peut-être même un Guide Spirituel ! Margot allait tellement être jalouse, quand je lui raconterai ça ! Oh... Margot. Elle n'avait pas complètement tort, alors ? Finalement, je n'allais peut-être pas lui dire. Non, autant garder ça pour moi. Oui, c'était plus prudent. Elle allait finir par croire que je ne savais pas tout, et elle ne viendrait plus demander mon aide. Pas que je la lui aurais accordée, mais tout de même.

Je quittai les genoux de Germaine et sautai sur le sol. Manger quelques croquettes, ça allait sûrement me remettre de mes émotions. Je n'avais pas eu peur, j'étais seulement nostalgique. Et probablement allergique aux petits carrés de l'écran qui me piquaient les yeux.

— *TROUVES COMMENT BRISER LA M-* ! hurla Zouzou collée de plus belle contre l'écran. Grison ? Où es-tu passée ? Oh tu es là ! Pourquoi tu es hirsute ? On t'a attaquée ?

— Tu crois ?! crachai-je en essayant de ralentir les battements de mon cœur. Une grosse tête de chat a disparu et est revenue sans prévenir ! Ça ne va pas de me faire des peurs pareilles !!?

— Qui ? Oh, moi ? dit Zouzou avec une petite moue de chat qui lui donnait l'air de montrer les canines, collée contre la vitre comme elle l'était. Bon, bon pardon. Ce n'est pas facile de venir te parler, justement ! La malédiction m'empêche de venir.

— C'est ton excuse ? dis-je en tentant de lisser mon poil avec des gestes lents que j'espérais majestueux.

— C'est pour ça qu'il faut que tu agisses, annonça Zouzou.

— Pourquoi ? demandai-je. Ce n'est pas de ma faute... Ce n'est pas de ma faute, hein ? ajoutai-je après un court moment de considération.

— Non, m'assura Zouzou. Pas cette fois.

— Oh, bon, dis-je en reprenant mon lissage. Je te préviens, ajoutai-je, je n'ai pas l'intention de me laisser entraîner dans un plan idiot que Margot aurait pu concevoir. Ou pire, York !

— Écoute-moi bien, reprit Zouzou, c'est important. Il faut que tu brises*schhchchchheheh...*

— Ah, concédai-je, si on parle de briser des choses, c'est différent. Quelle est la cible ? Un verre ? Une vitre ? Une assiette ? Le Plateau-à-Images de Germaine ?

— *Schhhhh*je dis que tu dois briser la malédiction.

— Très bien, répondis-je, je brise tout ce que tu veux. Dis-moi juste ce que c'est.

— Je ne sais pas ce que c'est, dit Zouzou. Pas exactement.

— Eh bien, moi non plus, avouai-je. Je ne sais même pas

vraiment ce que c'est, une « malédiction », figure toi.

— Ça veut dire « qui attire des ennuis ». Comme de prononcer le mot V...

— V ?

— Ah, tu sais ! *V* !

— Non je ne sais pas. V-quoi ?

— Je ne le dirai pas. Je vais nous porter la poisse. La dernière fois que j'en ai vu un, ça m'a porté une sacrée poisse.

— « Vitre » ? proposai-je en regardant rapidement autour de moi pour trouver de l'inspiration.

— Non.

— « Vestibule ? »

— Tu veux dire une entrée de maison ? Comment veux-tu casser ça ?

— Il y a toujours un moyen quand on cherche. Ce n'est pas ça alors ?

— Non.

— « Verre » ?

— Non !

— « Vaspirateur » ?

— C'est *aspirateur* !

— C'est pareil ! « Vase » ?

— Oh, tu m'énerves. C'est v... *vétérinaire* ! Vite, conjure le*schhrhhrrrrrrr* ! dit-elle en léchant furieusement la vitre, ce qui fit parasiter l'écran encore plus, avant de l'éteindre avec un « *blip* ».

Quelque chose me disait que cette conversation allait être longue, très longue. D'un autre côté, j'étais très contente de parler avec Zouzou, après tout ce temps. Tant pis si je ne comprenais pas tout, tant qu'elle ne s'en apercevait pas. Si j'avais l'air de suivre, tout se passerait bien. Il fallait simplement ignorer les petits carrés...

— S*chchchshchshchchhMALEDICTION !!!* dit Zouzou en soufflant comme un bœuf au bout de quelques secondes. Pourquoi est-ce que tes coussinets sont sur ma joue ?

— Pardon, dis-je en retirant mes pattes de l'écran de la Boîte-à-Images. C'est à cause de ces trucs autour de toi qui ne sont pas des puces. Ils me rappellent des mouches...

— Grison, c'est très important !

— Oui oui, j'ai compris, répondis-je. Mais ça doit gratter, quand même, non ?

— Grison ! gronda Zouzou.

— D'accord, d'accord, dis-je vite. Donc, la maison est maudite, et ça veut dire que c'est à elle qu'il faut un V-

— Ne le dis pas ! cria Zouzou. Pas ce mot !

— Un piqueur de maison ? proposai-je à la place.

— Un quoi ? Ça existe ?

— York dit que dehors pendant la promenade, il voit des Hector avec de grosses piqûres, même qu'ils les appellent des marteaux-piqûres.

— Je ne sais pas si c'est ça, dit Zouzou après un long moment de réflexion parasité. Mais je sais une chose : cette malédiction a été faite par trois Germaines qui habitaient ici avant.

— Alors c'est facile ! dis-je. Trouve leurs fantômes et force-les à cracher le morceau.

— Ce n'est pas possible, dit Zouzou. La malédiction empêche les fantômes d'Hectors d'entrer dans la maison, justement. Même pour les animaux, c'est difficile, comme tu le vois.

— Ah, dis-je en ne voyant pas vraiment.

— Et puis, reprit Zouzou, ces Germaines ne sont pas mortes. Elles sont toujours vivantes, elles sont seulement parties dans une autre ville. Donc ce ne sont pas des fantômes, et on ne peut pas leur parler. Enfin, si, on pourrait leur parler, mais elles ne comprendront rien.

— Comment tu veux que je fasse alors ?

— Il faut que tu sortes de la chambre. Cherche des indices. Des traces. Des indications. Peut-être que certains fantômes d'animaux pourront passer, comme moi.

— Quoi ? protestai-je. Encore parler à des gens ! Mais ça n'en finit pas !

— Ce sera des animaux, cette fois. C'est mieux non ?

— C'est pire ! clamai-je. À tous les coups, ça va être des *chiens* ! Ou pire : des chats !

— Nous sommes des chats, dit Zouzou.

— Justement !

— Eh ben, dit Zouzou d'une voix lasse, préviens déjà Margot et York et travaillez ensemble.

— Alors ça, pas question ! protestai-je encore. Je suis bien moi ici ! J'ai tout ce qu'il me faut ! Et surtout, je n'ai pas besoin d'eux !

— Grison, dit Zouzou sur un ton moralisateur, ne fais pas ta tête de mulet...

— Je reste où je suis et c'est comme ça ! m'entêtai-je. Principe de chat.

— *ALORS JE VAIS DEVOIRSCSCHCHChchchhhhchch...*

Zouzou disparut à nouveau. C'était vraiment agaçant, cette façon de disparaître au milieu d'une phrase. Du coup, elle avait toujours le dernier mot.

— *schrhrhrhchrTE HARCELER JUSQU'À CE QUE TU-schhhrhrhrhrhrh...*

Et voilà, mes griffes s'étaient plantées dans le tapis ! Zouzou se collait de plus en plus contre l'écran, et tout ce que je voyais à présent c'était son œil grand ouvert, du poil, et quelques canines. Si seulement le tapis pouvait me lâcher, j'irai me mettre à un endroit où je n'aurais pas à voir ça...

— *schhshrhrhrCRAQUES ET QUE TU DEVschhhhrhrhrhrh...*

J'avais l'impression de tomber dans la pupille de Zouzou, à présent. J'arrachai le tapis, tant pis, il fallait que je m'échappe de ce piège à tout prix ! Mais mes griffes semblaient de plus en plus longues, et de plus en plus prises dans ces fibres !

— *schhhhrhrhrhrVIENNES FOLLE DE PEUR ET QUE TES GRIFFES SOIENT TELLEMENT LONGUES ET QUE TU PARLES YORK ET QUEchrhrrhrhrhr...*

Plus qu'une patte et j'étais libre ! Plus qu'une plus qu'une plus qu'une ! Vite, avant que je ne me mette à parler comme un York !

— *shchchrrGERMAINE T'ENVOIE CHEZ LE VETERINAAA-AAIIIIRESCHHRHRHRHRHR!!*

Les dernières fibres de tapis cédèrent et le bond que je fis me propulsa sur le lit, et sur Germaine, qui sursauta en me voyant si près d'elle.

— Grison ? Qu'est-ce que tu as ? Tu es toute tremblante !

Je ne tremblais pas, j'étais simplement en train de me stabiliser. Je l'avais fait exprès, bien sûr. Et puis, Zouzou n'était plus sur l'écran, ni les carrés. Le danger était passé. Je me laissai tomber à côté de Germaine. Demain, je me ferai les griffes quelques part. De préférence sur le dos de York, s'il osait revenir dans ma chambre.

Chapitre 6 : où l'on sort dans le couloir

Je me réveillai le lendemain groggy et de très mauvais poil. J'avais rêvé de Zouzou, de carrés parasites et de tapis attrapeurs de chats, pour découvrir que mes griffes s'étaient encore emmêlées dans les mailles de la couverture. Comment pouvais-je ignorer les évènements de la nuit, si je les revoyais en dormant ? Je ne savais pas qui envoyait les rêves aux chats, mais il allait entendre de mes nouvelles !

C'était le milieu de la matinée, et Germaine avait encore emmené le Vieil Hector faire des « courses », cette fois-ci pour des morceaux d'Électrique. Vu la vitesse à laquelle allait le Vieil Hector, ils allaient « courser » pendant quelques temps. J'allais me mettre en poste sur la fenêtre et guetter des Boîtes-à-Roues, lorsqu'un léger grésillement se fit entendre le long des murs. Il était à peine présent, mais je n'entendais que lui. D'une seconde à l'autre, la Boîte-à-Images allait afficher à nouveau l'œil de Zouzou plein de petits carrés et elle allait encore me hurler dans les oreilles avant de disparaître… Comment pouvais-je me concentrer sur les Boîtes-à-Roues dans ces conditions ?!

— Je ne peux pas sortir, dis-je à la Boîte-à-Images. La porte est fermée ! Donc je ne peux pas aller voir ce que Margot voulait me montrer. Ah ! Tu n'avais pas pensé à ça, hein, Zouzou !

À cet instant précis, il y eut un choc contre la porte de la chambre. La poignée glissa sur le côté, et la porte s'ouvrit lentement. Je la regardai tourner sur ses gonds, comme au ralenti. Je me tenais prête à faire ce que les chats faisaient de mieux. Non, pas s'enfuir, jamais ! *Survivre* ! C'était très différent, merci bien ! Bientôt la chose ignoble et sûrement dangereuse serait révélée, peut-être même une créature faite de grésillements et de petits carrés...

Sauf que, derrière la porte, il n'y avait personne. Depuis ma fenêtre je voyais le couloir, continuant de part et d'autre, et l'embrasure d'une autre porte, en face. Mais sur le seuil, pas l'ombre de la patte d'un chat. Qui avait ouvert ?! Qui osait piquer ainsi ma curiosité ? Comment pouvais-je arrêter des Boîtes-à-Roues si la porte ne me protégeait plus ?

Dans la rue, un avertisseur retentit, comme un cri de canard agonisant. Une Boîte-à-Roues était arrêtée devant la maison ? Sans moi ? J'étais plus puissante que je ne le pensais ! J'étais assez puissante pour affronter le couloir ! Oh, et puis, zut. Je pouvais toujours y jeter un coup d'œil, et rentrer si ça ne me plaisait pas. Personne ne le saurait !

Je m'approchai de la porte, à pas comptés et aplatie sur le sol pour ne pas attirer l'attention. Il n'y avait pas un mouvement, pas un bruit, venant du couloir. L'autre porte, en face de moi, donnait clairement dans une cuisine : de là où j'étais, je voyais une table, et des chaises, et très peu d'espace autour pour circuler si on avait la taille d'un Hector. Les chaises n'avaient même pas la place d'être rangées sous la table ! Pour un chat, c'était une invitation à l'escalade et à l'exploration. Était-ce un piège ? Où bien était-ce un message de Zuul ? Cette chaise était vraiment très tentante. J'aurais parié qu'il y avait des petits flacons à épices, sur ces étagères, prêts à être délogés. Il n'y avait qu'un moyen de le savoir, et je n'avais pas peur. Jamais. Ce n'était pas moi qui respirais fort comme ça, et ce n'était pas ma queue qui battait le sol derrière moi en signe d'inconfort.

Je tendis la patte pour passer dans le couloir mais, au moment de la poser, je fus saisie d'un doute écrasant. Et si le sol était piégé ? Et si Germaine avait raison et que tout allait s'effondrer et que je passais à travers ? Ah ! C'était bien Zouzou de me laisser affronter cette épreuve toute seule ! On voyait bien que ce n'était pas à elle de faire les efforts !

Je reposai ma patte à l'intérieur de la chambre. J'allais devoir observer, en premier lieu. Pour cela, j'avançai la tête lentement, doucement, étendant le cou jusqu'à être au-delà du seuil. *AH* ! Mes moustaches étaient dehors ! Et aussi mon nez ! J'étais assaillie par une foule d'odeurs inconnues, des créatures non identifiées ! Qui avait laissé entrer toutes ces odeurs dans mon couloir ?? J'allais devoir me plaindre à Germaine ! Et à Zouzou, tant que j'y étais ! Et à York, dont tout était sûrement la faute !

Et qu'est-ce que c'était que ça, encore ?! Le plancher bougeait ?! Et pas que le plancher, les murs ondulaient légèrement, comme pris de petits spasmes. Les lignes se mélangeaient devant mes yeux et me faisaient loucher. Étais-je en train de rêver ? Pourtant j'entendais le bois grincer et bouger, comme s'il me chuchotait « Danger ! Danger ! *Danger* ! » Je fermai les yeux ; sous mes pattes encore dans la chambre, le plancher était stable et sûr. Alors qu'est-ce qui se passait ?!

— Elle est là elle est là elle est *là* ? dit la voix de l'asticot excité qu'était York.

— Tais-toi ! siffla la voix rauque de Margot. Elle va nous entendre !

— Je vous entends ! répliquai-je. Mes oreilles sont dehors !

— C'est super, bravo ! lança Margot. Tu peux le faire ! On est derrière toi, à 100 % !

— On est *derrière* elle ? demanda York. On n'est pas plutôt devant elle, légèrement sur la droite ?

— Je me fiche de savoir où vous êtes, dis-je avec méfiance, dites-moi plutôt ce que vous faites là !

— En fait on attend que le couloir arrête de bouger, dit York. Tu vois bien !

— Ça fait partie des choses que je voulais te montrer, dit Margot. Des fois, il bouge comme ça, mais il arrête vite. Ça ne dure jamais. Tiens, regarde, ça y est. Il s'est calmé.

Ah, mais ils m'agaçaient, tous ! Non seulement Margot avait eu raison, mais elle avait encore raison, et en plus maintenant qu'elle m'avait vue, je ne pouvais plus reculer. Quelle poisse ! Bon. Comme on disait chez les chats, si la tête était passée, tout pouvait passer. Et maintenant que le couloir reprenait une apparence de couloir, les odeurs étranges commençaient à s'estomper derrière celles que je reconnaissais, comme les chaussures de Germaine, et le poil sale de Chien-Lion. Je me léchai quand même furieusement la patte, en préparation pour le contact extérieur qu'elle allait devoir subir. Non, je n'étais pas en train de gagner du temps. C'était une préparation stratégique et raisonnable, digne de la dirigeante magnanime mais redoutable que j'étais. Non mais.

Ma patte était prête. Je la tendis en avant à nouveau, tapotai à peine le sol du couloir avec le bout d'une griffe...
— Elle le fait elle le fait elle le *fait* ?
— Tais-toi donc ! Mais oui, elle le fait. Regarde, on voit ses moustaches qui frétillent.
— C'est fini les commentaires du poulailler ? lançai-je avec agacement.
— On n'a rien dit, mentit Margot.
— Je ne suis pas sourde ! dis-je.
— On a dit des trucs, dit York, mais pas à toi !
— Vous avez parlé *de* moi, c'est pire ! répliquai-je en tapant de la patte pour marquer mon mécontentement.

Ah, non ! Avec tout ça j'avais posé ma patte dehors ! Sans réfléchir ! Allait-elle fondre à retardement ? Je ne sentais pas de fumée, pas de poil roussi, rien, mais ça pouvait encore venir sans prévenir, non ?
— Allez Grison allez Grison alleeeeez-*aouuuuuuuu* !!
— Pourquoi tu hurles à la mort ? dit Margot.
— Je chante ! expliqua York. Les Hectors font ça ; il paraît que ça aide.
— Ça t'aide, Grison ? me demanda Margot.
— *Non* ! crachai-je. Fichez le camp !
— On te laisse faire, dit Margot, on ne te regarde même pas. Si tu ne nous vois pas, on ne te voit pas. C'est logique. C'est toi qui l'as dit.
— C'est parce qu'on est derrière la porte du salon, *york* ! Mais si on se penche un peu, on peut te voir ! Tu veux qu'on se

penche ?
— Non, répliquai-je, je veux que vous la fermiez !
— La porte ? demanda York.

Cette fois j'allais me le faire, cette tête de rat confite. Je sortis à pas comptés, mais l'air conquérant. Mes oreilles étaient collées à ma tête, oui, peut-être, mais c'était uniquement parce que je ne voulais plus entendre ces imbéciles. Pas du tout parce que j'avais peur d'être dans ce couloir. J'avançai dans ce qu'ils appelaient le « salon », et je les découvris assis côte-à-côte comme deux jumeaux désassortis, dans un panier qui sentait très fort le chien court sur pattes.

— Bravo ! annonça Margot.
— Tu l'as fait tu l'as fait tu l'as *fait* !! dit York en bondissant sur lui-même comme un jouet à ressort déglingué. Qui est un bon chien ? *Qui est un bon chien ?*

Je leur lançai mon meilleur Œil Noir. York était si content qu'il tournait sur lui-même, repartait en arrière, revenait se cogner à Margot. Elle, elle avait un air de chat fier. Je savais qu'elle était coupable de quelque chose, mais de quoi ?

Mine de rien et l'air de tout, j'inspectai la pièce du regard. Afin de détourner l'attention, oui, mais j'avais surtout des indices à trouver, moi ! Ce « salon » avait une Boîte-à-Images (les Hectors en mettaient décidément partout !), des armoires à vaisselle que je reconnaissais de l'Ancienne Maison, des fauteuils qui ne m'étaient pas familiers, ainsi qu'une table en longueur avec des chaises pour grimper dessus. Je me dessinais mentalement un petit parcours sympathique où je pouvais être en hauteur et quand même distribuer des tapes à York. Bon. Il y avait du potentiel, ici.

— Les fauteuils sont trop hauts, déclarai-je, et les dossiers trop fins pour s'y asseoir. C'était mieux avant.
— C'est vrai, dit Margot. Mais le sol est penché, ici. Les objets tombent plus facilement si tu les pousses du bon côté.
— C'est trop de travail de réfléchir au bon côté des choses, dis-je.

Néanmoins, c'était un point excellent, pensai-je. Je pourrais vérifier si la tête de York amortissait toujours aussi bien les chutes. Je considérai de sauter sur le fauteuil et renverser quelques objets comme me l'avait suggéré Margot, mais je n'avais pas envie de suivre une idée qui venait d'elle. Et puis, j'avais eu assez d'émotions pour la journée. J'avais besoin de me reposer. C'était tout un monde qui s'ouvrait à moi, et j'en avais la tête qui tournait. À moins que ce ne fut à cause de l'odeur du panier de York. Et puis mes griffes étaient encore prises dans quelque chose. J'allais vraiment devoir les user quelque part.

— Cette moquette par terre est trop rude, déclarai-je, ça me gratte les coussinets.

Je m'approchai du fauteuil près de la Boîte-à-Images et y enfonçai mes griffes.

— *Rho* !! fit York. Y'a pas le droit, y'a pas le droit, d'faire ça ! Pas de marquage-*scratchy*, pas de marquage-*pipi* ! C'est Germaine qui l'a dit !

— Elle ne me l'a pas dit à moi, dis-je en signant de ma plus belle griffe le côté du fauteuil qui accepta sans protester ma domination. Voilà. Cette pièce est ma propriété, maintenant.

— Elle est à tout le monde, dit Margot.

— À tout le monde et à moi, répondis-je.

— Y'a quand même pas le droit de faire ça !! dit York. C'est un Ordre !!

— Et l'Ordre de ne pas entrer dans les chambres hein ? répliquai-je. Tu l'as oublié ?

— C'était dans l'Ancienne Maison, se défendit York. Ici, ce n'est pas encore très clair dans ma tête.

— Le jour où quelque chose sera clair dans ta tête, répondis-je, les York auront des ailes.

— J'ai des ailes ? Des ailes ? Où ça où ça *où ça* ? jappa York en repartant pour un tour de piste à sautiller partout en rond en essayant de voir son dos.

— Si c'est pour voir ça, annonçai-je, je préfère retourner dans ma chambre.

— Mais tu viens d'arriver ! dit Margot.

— Et le reste de la maison ? dit York.

— Je reviendrai demain, dis-je en retournant vers la chambre de Germaine. Je laisse à la maison un peu de temps pour se remettre avant mon retour.

— Mais on devait*mhmhmhmhmh* ! dit York avant de ne plus rien dire parce qu'il avait la patte de Margot dans son nez.

— Bien sûr, dit Margot. Prends ton temps.

Ce conseil me sembla louche. Que me voulait-elle vraiment, au fond ? Devais-je explorer, ou ne pas explorer ? Dans le doute, je sautai sur le lit de Germaine, et je fermai les yeux pour couper court à toute discussion.

Chapitre 7 : où l'on cherche des indices

— Si j'ai bien compris, dit Margot, Zuul t'a dit que la maison avait été maudite par trois Germaines qui n'étaient plus là mais qui n'étaient pas mortes, et que, pour arrêter ça, on devait chercher des indices dans la maison pour trouver quoi faire. C'est bien ça ?

Comme disaient les Hectors, demain était un autre jour. En l'occurrence, c'était le jour où j'avais pu sortir de la chambre en un clin d'œil, comme si de rien n'était ! Enfin, presque, j'avais juste été retardée parce qu'en avançant les yeux fermés j'étais arrivée contre un mur, mais j'étais arrivée dans le salon avant Margot et York. Ah ! Ça leur en avait sûrement bouché un coin. Je m'y étais préparée toute la nuit, entre deux vérifications que Germaine ne se lèverait pas et que la Boîte-à-Images ne montrait que des Hectors aussi insipides que plats.

— C'est exactement ça, répondis-je en espérant que les détails n'avaient pas trop d'importance parce que je ne m'en souvenais pas si bien que cela.
— Donc on cherche partout ? demanda Margot.
— Donc on cherche partout, confirmai-je.

— On cherche partout ! répéta York. On cherche partout ! Partout partout partout *partout* !! cria-t-il en tournant en rond le nez au sol.

— Tu peux nous dire ce que tu as à sniffer partout comme ça, demandai-je, ou c'est personnel ?

— J'ai une piste une piste une *piste* !

— Une piste de cirque ?

— Mais c'est la piste, elle va partout ! Partout partout *partout* ! Elle est là, et elle est là aussi, et elle recommence là, et là, et là !

— L'intelligence canine dans toute sa splendeur, dis-je. Quand je disais à Zouzou qu'ils ne pourraient pas nous aider…

— Qui ne pourraient pas nous aider ? demanda Margot.

— Zouzou a dit que la malédiction empêche les Hectors fantômes de venir dans la maison, expliquai-je. Mais on pourrait voir des chats qui auraient connu les Trois Germaines. Ou des chiens, mais pour ce que ça nous apporterait...

— Oh, dit Margot, il n'y a pas de fantômes ? C'est pour ça que ça manquait de présence rassurante, alors.

— Si tu trouves les fantômes rassurants, dis-je, c'est que tu es complètement toquée.

— Pourquoi pas ? dit Margot. Ils n'embêtent personne, ils ne sont même pas là tout le temps, et des fois ils nous racontent leurs histoires. Moi je trouve ça rassurant. Pas toi ?

— Pas moi.

— Ah, dit-elle en se grattant les côtes. Bon, par où on commence ?

— Par le salon ? dis-je. Puisqu'on y est déjà, et que notre fin limier a « une piste ».

— Je vais trouver ! jappa York qui continuait à tourner emporté par son élan. Trouver trouver trouver ! *York* !

— Surtout ne t'arrête pas, dis-je. Continue à tourner, on te laisse le sol. Margot, tu prends cette partie, la table, la Boîte-à-Images, les vases.

— Et toi, dis Margot, tu fais quoi ?

— Moi, répondis-je en lorgnant les grandes armoires de vaisselle, je vais prendre de la hauteur.

Depuis le haut de la grande armoire, j'étais tellement en hauteur que le bout de mes oreilles frôlait le plafond et en attrapait des fils de poussière qui devaient être là depuis la nuit des temps au moins. Mais c'était parfait. J'avais une vue imprenable sur la pièce, sur la rue, et sur mes deux esclaves qui fouillaient tout sous mes ordres. Bientôt j'allais descendre m'occuper des objets sur les étagères. Mais en attendant, je profitais de ma situation de choix.

— *Cha, chest chushpé* ?!!

Je daignai baisser le regard. York attendait, assis au pied de l'armoire, le plumeau frétillant et un torchon dégoûtant dans la gueule. Il levait vers moi un regard adorateur, légèrement divergeant, et relativement dérangé. Un chien dans toute sa splendeur, en somme.

— Quoi ? dis-je.

— Ça, répéta-t-il en lâchant par terre une chaussette trempée de bave, tu crois que c'est suspect ?

La chaussette avait l'air normal, même si elle semblait différente des chaussettes utilisées dans la maison. Ça me disait vaguement quelque chose, mais j'avais oublié quoi.

— Difficile à dire d'ici, répondis-je. Mets la dans ton panier. On fera le tri plus tard.

— Okay chef okay chef okay okay okay ! jappa-t-il joyeusement en partant, tout frétillant du plumeau.

Je repris ma contemplation. C'était un bon moment, un moment de calme, mais un moment utile et Zouzou serait fière de...

— *Écha tsuan penchka ?*
— Quoi encore ?
— J'ai trouvé ça ! dit York en lâchant devant lui un vieux bout d'os tout mâchouillé.
— Certes, dis-je. Dans ton panier.
— Et ça ? dit-il en poussant du museau un vieux pot en plastique qui traînait près de lui.
— Panier.
— York ! Et j'ai aussi ce truc en plastique tout transparent qui sent le jambon...
— *Panier* ! m'écriai-je à bout de patience. Mets *tout* dans ton panier !
— *Chef York Chef* !

Et voilà ! York m'avait épuisée ! C'était vraiment un travail de longue haleine, d'être le chef de tout ! Je glissai hors de ma cachette, et regardai à peine les verres et les assiettes en descendant. C'étaient les mêmes verres et les mêmes assiettes que dans l'ancienne maison et je n'avais pas le cœur de les jeter par terre, même sur la tête de York. Les Trois Germaines n'avaient rien à elles dans ces armoires. Je poussai quand même une petite salière, par acquis de conscience. Il fallait bien vérifier l'inclinaison du sol, n'est-ce pas ? La salière tomba sur le tapis sans un bruit et sans un accroc. Quoi ? Tous ces efforts pour si peu d'effet ? Décevant.

— Je crois qu'on a créé un monstre, me dit Margot alors que je sautai sur le sol.

— Quoi encore ? Quel monstre ?

Margot me montra le panier de York, qui était si plein d'ordures à moitié mâchouillées, de vieux pots en plastiques, et de morceaux de couvertures déchirées, qu'il aurait fait honneur à une décharge.

— Où est-ce qu'il a trouvé tout ça ?

— Ça apparaît ! dit York. Par terre, comme ça ! Surtout autour des sacs, là-bas. Il y a un trou.

— Tu veux dire, les sacs des Boîtes-à-Jeter des Hectors ? demanda Margot. Ceux qu'ils vont mettre dans les Très Grosses Boîtes dehors ? C'est ça que tu as vidé ?

— Nooooooon, s'étrangla York.

— Oooooooh, je n'aimerais pas être toi quand ils reviendront, ajoutai-je avec une certaine malice.

— Oh*non* ! couina York en se cachant derrière le pied de la table avec un air de York battu. Je n'avais pas vu ! Pas vu, pas compris, pas fait exprès ! Je suis un bon chien !

— Ah, ne fais pas cette tête, dis-je en levant les yeux au ciel et en me demandant ce que j'avais bien pu faire pour mériter un animal pareil. Remettons tout à côté des sacs. Ils ne verront peut-être rien.

Il n'était pas digne de moi de me promener avec de vieux emballages, mais il fallait bien montrer l'exemple. Je me contentai de ramasser la chaussette pour la poser près des Sacs-à-Jeter. Le bout de tissu sentait le propre, ce qui me piquait le nez, mais pas autant que le panier de York. Voilà, mon devoir était accompli. Cet idiot de chien pouvait me remercier !

Alors que Margot et York se dépêtraient avec les ordures, je considérai à nouveau la pièce. Les tables étaient escaladées, les armoires inspectées, l'inclinaison du plancher vérifié, l'amortissement des tapis confirmé, les murs reniflés, chaque coin scruté, les fenêtres surveillées. Il n'y avait pas plus d'indices que de croquettes bonbons dans ma gamelle ! Il n'y avait même pas le moindre petit courant d'air. Je commençais à douter des indications de Zouzou. Un chat-fantôme, c'était sûrement distrait, surtout au milieu de tous ces petits carrés. Elle avait très bien pu nous envoyer n'importe où.

— Qu'est-ce qu'il y a derrière ce rideau ? dis-je en remarquant le grand tissu dans la partie de la pièce fouillée par Margot.
— Une porte, dit-elle. Ça donne sur la terrasse des chiens, derrière.
— Et ça s'ouvre ?
— Oui ça s'ouvre, mais si on le fait, on tombera nez à nez avec les Grands Chiens.

Voilà donc par où ils entraient, le soir ! J'aurais pu m'en douter, en même temps. Le rideau sentait fortement le chien. Pas le gros rat comme York, mais le Vrai Chien. Ils auraient pu nous aider à chercher des indices, mais ils avaient la fâcheuse tendance à nous prendre pour des lapins et nous courir après dès qu'ils nous voyaient. Ce n'était probablement pas ce dont nous avions besoin à présent.

— Et maintenant, me dit Margot, qu'est-ce qu'on fait ?
— Maintenant, dis-je, on va dans la cuisine.

Chapitre 8 : où l'on inspecte des placards

La cuisine était bien, bien plus encombrée qu'elle en avait l'air depuis le couloir. Elle était écrasée, complètement compressée entre deux murs de placards. Il restait à peine la place pour une table et des chaises, et toutes les chaises ne rentraient pas sous la table. Un arbre à chat, voilà ce que c'était !

— Les Hectors ont construit cette cuisine pour nous ? demandai-je. Pas étonnant qu'ils se cognent partout et qu'ils se marchent sur les pieds.

— Oui, dit York, oui oui oui, ils se cognent beaucoup. Et ils me marchent dessus ! Mon panier est juste là dans le coin !

York courut entre les pieds de la table vers un coussin plat qui avait connu de meilleurs jours, et probablement une meilleure odeur.

— Je croyais que ton panier était dans le salon ? dis-je.

— J'en ai aussi un ici ! J'en ai dans toutes les pièces, des « *va dans ton panier !* ». Sinon ils sont obligés de déplacer le panier d'une pièce à l'autre et ce n'est jamais au même endroit et ils ne sont pas contents quand je vais sur un fauteuil au lieu de trouver mon panier et je ne suis pas un bon chien ! J'ai horreur de ne pas être un bon chien !

— Donc, dis-je, si on te cache ton panier, tu deviens idiot et tu te fais disputer. Ça me donne des idées...

— Oh mais dis-donc ! protesta York.
— Dites, coupa Margot. Qu'est-ce qu'on fait ?
— On monte, dis-je en sautant sur une chaise afin d'atteindre le niveau supérieur.

Lorsque je fus montée sur la table, tous les plans de travail entre les placards du haut et les placards du bas m'étaient accessibles ; du moins en théorie, parce qu'ils étaient encombrés de paquets de nourriture pour Hectors, d'ustensiles en tout genre, de bouts de papiers et même de fruits.

Margot se dirigea droit vers la Boîte-à-Froid. Sans attendre mon autorisation ! Comment osait-elle ?! Il ne me restait plus qu'à partir dans la direction opposée. De toute façon, c'était ce que j'avais prévu depuis le départ.

— Attendez ! dit York.

Il était monté sur une chaise et avait posé ses pattes avant sur la table, mais ne bougeait plus.

— Quoi *encore* ? demandai-je.
— J'ai les griffes qui dérapent, avoua-t-il lamentablement. Je n'arrive pas à sauter comme vous.
— Eh bien, reste en bas ? suggéra Margot. Il y a sûrement plein de pistes en bas.
— Je suis toujours en bas, geignit York. J'aimerais mieux vous suivre !
— Tu n'es pas un chat, dis-je. Tu devrais le savoir, depuis le temps.

Un « *plic plic plic* » insistant attira mon attention. Sur ma droite, un pot de cuisson avait été posé sous le robinet d'un évier pour recueillir les gouttes. À côté de l'évier, il y avait une gamelle d'eau qui sentait Margot. Pouah. Pour un peu, elle s'installerait dans toute la maison, la gueuse ! J'allais lui montrer ce que j'en pensais, moi, de sa gamelle ! Je trempai mes coussinets dans l'eau et tapotai la surface, juste assez pour que les « *spliche spliche* » attirent l'attention de cette chatte huileuse. Eh bien ? Pas de réaction ? Rien ? Je lui jetai un coup d'œil en coin. Elle était occupée à inspecter la porte d'un placard ! Mais c'était qu'elle était sourde, en plus ?

J'allais recommencer l'opération, quand tout d'un coup une grande lumière illumina l'évier. C'était… du soleil ? Et c'était une fenêtre ?! Ici ?! Il y avait eu tellement des nuages à l'extérieur que je ne l'avais pas remarquée. Non seulement c'était une fenêtre, qui donnait sur un grand toit, mais c'était une fenêtre *entrouverte*. Une zone *explorable* ! C'était beaucoup mieux que la stupide route, même avec les Boîtes-à-Roues en panne ! Du moins, ça l'aurait été si la fenêtre n'avait pas été grillagée de haut en bas.

— À quoi sert cette grille sur la fenêtre ? demandai-je.
— C'est pour pas que j'aille de l'autre côté, dit Margot. La fenêtre donne sur un toit qui donne sur la Terrasse des Grands Chiens. Tu sais, là où la porte du salon s'ouvre. Mais Chien-Lion a fait un trou avec son nez, là, à force de mordiller. Germaine lui donne des bonbons par là, du coup.

Je regardai le trou en question, dans la grille. Un chat pouvait facilement s'y faufiler, moyennant quelques contorsions, même si les Hectors pensaient que ce n'était pas possible. Les chats étaient toujours capables de faire des choses que les Hectors ne pensaient pas possibles.

— Et tu sors par là quand personne ne regarde, je parie.

— Je pourrais, dit Margot, mais je ne suis pas sûre de pouvoir repasser depuis le toit. Et puis, il y a toujours les chiens.

Mais ça pouvait valoir la peine de les narguer. Éventuellement. Le toit pentu qui s'étendait devant moi était parsemé d'oiseaux en tout genre, des moineaux, des corbeaux, et une pie qui semblait danser de façon étrange sur sa patte droite. Ou la gauche. Ou… peu importait. En fait, si je clignais des yeux, elle disparaissait, cette pie, pour réapparaître un peu plus loin et un peu plus tard. De mieux en mieux, vraiment. Je décidai que cette cuisine était satisfaisante.
— *Yip* ! fit York.
— Quoi *encore* ? dis-je irritée d'être arrachée à ma réflexion.
— J'ai vu ! Rrrr ! J'ai vu j'ai vu j'ai vu ! dit la saucisse excitée qui sautillait en faisant des semi-aboiements de joie ou de colère, c'était difficile à dire.
— Qu'est-ce que tu as vu ? demanda Margot. Et articule bien, cette fois.
— Des ciseaux !!! jappa York. J'ai vu ils sont tombés ils sont tombés tombés et ils ont bougé bougé tout seuls et ils ont disparu dans ce placard !

Margot et moi nous penchâmes pour regarder de quel placard du bas il s'agissait. C'était difficile à dire, ça aussi, parce qu'ils étaient tous pareils, et tous fermés, ces placards.

— Des fois je me demande vraiment ce qu'il y a dans tes croquettes, dis-je.
— Je vous jure que c'est vrai !!! implora York.
— Le problème ici, dit Margot, c'est toutes ces portes. On ne

peut pas les ouvrir.

— Ah non ? demandai-je avec une pointe de sarcasme. La magie de Margot les Pattes de Fée ne marche pas ici ?

— Pas ici, dit Margot, parce que moi, je sais tourner les poignées. Ici, il faut les pousser fort sur un petit endroit pour les débloquer, et on n'arrive pas à pousser assez fort.

— Même les Hectors n'y arrivent pas toujours ! dit York.

— Donc il pourrait y avoir des indices dedans ? demandai-je. En fait, on fait tout ça pour rien, parce qu'on ne peut pas tout voir ?

— Pourtant Zouzou nous a dit de le faire, dit Margot, c'est qu'elle devait avoir une bonne raison.

— *York* ! dit York. J'ai vu une piste ! Je vous jure ! Il y a quelque chose là !

— Comme tes pistes qui tournent en rond ? demandai-je.

— C'est la malédiction, dit Margot en se grattant l'oreille. Elle nous fait tourner en bourriques.

— Eh bien, je ne suis pas une bourrique, annonçai-je, et les pistes que je ne peux pas suivre, je les ignore. C'est comme ça qu'on fait le tri et qu'on sait quelles sont les bonnes !

York avait l'air confus, comme si on lui avait demandé quelque chose de très compliqué, comme de compter jusqu'à deux, ou d'attendre avant de manger une miette de pain qu'il aurait trouvé par terre.

— Du coup on cherche quoi ? demanda-t-il. Parce que je ne sais plus...

— On cherche des preuves concrètes et faciles à trouver, dis-je. Et ici, il n'y a rien de concret ou de facile à trouver. Donc, je vais signer cette table, parce qu'elle est à moi, comme le reste de la maison d'ailleurs, et on va voir une autre pièce.

— *York* ! Pourquoi la table ? Et pourquoi pas une porte de placard ?

— Parce que, expliquai-je lentement, la table est en bois, gros malin, et les portes en brillant-qui-glisse. C'est connu, le brillant-qui-glisse, ça glisse trop pour les griffes.

— Aaah.

— Et puis j'ai une leçon à donner à cette table, ajoutai-je. Je vais lui apprendre, moi, à attaquer les genoux de mes Hectors !

Je sautai sur la table, toutes griffes dehors, prête à laisser la marque indélébile de mon passage. J'avais déjà la patte en l'air, quand je vis passer quelque chose dans le couloir.

C'était une chaussette.

Une chaussette, toute seule, qui glissait sur le parquet comme si elle était tirée par un fil invisible. Elle venait du salon, et se déplaçait vers l'autre bout du couloir lentement, très lentement, comme pour ne pas attirer notre attention. Et ce n'était pas n'importe quelle chaussette. C'était celle que j'avais déposée près des Sacs-à-Jeter.

— Vous voyez ce que je vois ? dit York d'une petite voix.

— Je le vois, dit Margot.

— Je le vois, dis-je à contrecœur.

— Qu'est-ce qu'on fait ? dit York.

— Qu'est-ce que vous attendez ? dis-je. Attrapons-la !

Ce fut une ruée vers la chaussette, une cavalcade de pattes et de poils. La chaussette sursauta et sautilla pour nous échapper. En courant, je vis une silhouette se matérialiser, une petite silhouette, une mini-Germaine, pas plus grande qu'une poupée qui aurait été faite par un Hector très maladroit, ou possiblement aveugle, avec d'énormes yeux à facettes, comme une mouche. Elle portait la chaussette à bout de bras comme un étendard qui flottait derrière elle.

La mini-Germaine aux Grands Yeux et sa chaussette couraient comme des fous le long du couloir, en zigzag, mais dans la direction générale des escaliers qui montaient vers le grenier. Du moins c'est ce que je supposais, à moins que les Hectors n'aient essayé de mettre un grenier au sous-sol, pour changer. Ils en étaient bien capables. Dans tous les cas, nous allions sûrement les rattraper, car nous allions bien plus vite qu'une poupée montée de guingois.

C'était sans compter le couloir qui se mit à tanguer sans prévenir et nous envoya tous rouler-bouler sur les côtés. hé ! C'était de la triche !
— Ne lâchez rien ! criai-je.
Mais malgré tous nos efforts, la mini-Germaine et sa chaussette atteignirent la première marche de l'escalier du grenier, dont la porte claqua sur le nez de Margot.

Chapitre 9 : où l'on regarde des oiseaux

Pas le temps de freiner ! La collision fut inévitable ! Je percutai Margot, roulai-boulai à nouveau sur le côté alors que York rebondissait entre nous. Pouah ! Je repoussai ces deux imbéciles avec force coups de patte dans le nez.

— Ne perdons pas de temps ! dis-je. Qu'est-ce que vous attendez ? Ouvrez la porte !

— C'est fermé ! se plaignit Margot.

— Comment ça, *fermé* ?! m'écriai-je.

— Fermé comme fermé !

— Margot, arrête de faire ta poule mouillée et ouvre cette porte tout de suite !

— Je ne peux pas ! Moi j'ouvre les *poignées* ! Ça, ça *coulisse*.

— Ça *quoi* ?

— Les Hectors la font *glisser* sur le côté ! Je ne sais pas faire ça !

— Nom d'un York de nom d'un *York* !

— *Gnefouchiengnétéba* ! *Chvaisl'gnoir* ! *Rrrrrrr* !!

York avait pris le montant de la porte dans sa petite gueule de rat et essayait de tirer la porte de toutes ses forces. Il ne réussissait qu'à laisser des petites marques pitoyables sur le bois.

— Laisse tomber, dis-je parce qu'il commençait à m'agacer encore plus que la porte fermée. On n'y arrivera pas, parce que ce sont les Trois Germaines qui ont fermé la porte. C'est la Malédiction !!

— J'ai vu quelque chose, dit Margot. Mais vous allez vous moquer de moi...

— Je vais me moquer de toi de toute façon, dis-je, alors vas-y.

— C'était un drôle de petit gnome qui portait la chaussette...

— Moi aussi je l'ai vu, dis-je.

— *Gnmoiauchi* !

— Lâche cette porte, je t'ai dit.

— *Gnon* ! *Chamai* !

— C'était quoi, à votre avis ? dit Margot.

— Je ne sais pas, dis-je, mais à tous les coups, c'est ça qui vole les chaussettes et peut-être aussi les ciseaux.

— York a vu les ciseaux tomber dans la cuisine, dit Margot. C'était peut-être vraiment une piste.

— Peut-être, concédai-je. On va essayer d'ouvrir le placard sous le tiroir des ciseaux, on va se concentrer sur celui-là. On trouvera sûrement une solution.

— *Gnomekgordi Guiyadesholushon Boourgou* !

— Lâche cette porte, pour la dernière fois !

— *Gnon* !

Gnon ? Puisqu'il le demandait, il serait servi ! Je lui collai un gnon, oui, entre les oreilles, assez fort pour le faire lâcher. Il le méritait !

Deux minutes plus tard, nous étions tous les trois assis devant le placard désigné par York, comme si la force conjuguée de nos regards pouvait agir sur sa satanée porte. Pour l'instant, cela n'agissait pas beaucoup. C'était peut-être, *peut-être* parce que j'essayais constamment de plaquer le plumeau de York sur le sol et qu'il me glissait entre les pattes. Comment vouliez-vous que je me concentre avec ça sous le nez ?!

— Où tu dis qu'ils appuient, les Hectors, pour l'ouvrir ? demandai-je une fois assise sur ce satané plumeau rebelle.

— En haut, là, dans le coin, dit Margot.

— C'est trop haut pour moi, dis-je en m'étirant le long de la porte. Je peux l'atteindre, mais pas appuyer dessus.

— J'ai une idée, dit Margot. Je vais essayer quelque chose.

Margot sauta sur le plan de travail d'un bond élégant. Non, je n'avais pas dit « élégant ». Frimeur. Voilà, c'est ça qu'elle était, une frimeuse. Elle s'avança avec précaution au-dessus du tiroir, se pencha, tendit la patte, jaugea l'endroit où elle devait appuyer, tendit l'autre patte, pris un peu d'élan, puis bascula en avant en poussant de tout son poids sur la porte. Elle fit un roulé-boulé en arrivant sur le sol et se releva gracieusement. J'aurais voulu me moquer, mais ce n'était même pas drôle. Et la porte était toujours fermée.

— Vous pensez que je dois réessayer ? demanda Margot. Ce n'était pas assez fort ?

— Vas-y, dis-je. Moi je suis prête à te voir tomber tous les jours, si c'est drôle.

— Et si on faisait tomber une chaise dessus ? proposa York. Faire tomber des choses, on sait faire.

— La cuisine est trop petite pour faire tomber une chaise, dit Margot. Elle va rester coincée sur la tablette ou sous la table.

— Ah, oui, dit York avec un air déçu. Dommage

— Comment tu sais tout ça, toi ? dis-je

— Je ne sais pas, dit Margot. C'est comme si je voyais ces

choses. C'est comme pour les poignées qui tournent. J'ai « vu » ce que je devais faire pour ouvrir, et quand j'ai essayé ça a marché.

— Et tu es sûre d'être un chat ? Non parce que si ça se trouve, sous ce tas de poils informe, il y a un raton laveur, ou je ne sais pas quoi.

— Quoi ? C'est quoi un « raton » ?

— C'est sûrement une sorte de gros rat, puisque c'est un « raton ».

— Les filles, geignit York. On perd du temps et les Hectors vont rentreeeeer.

— Ah, ça va, la poule mouillée ! râlai-je. On va trouver quelque chose ! Attendez un peu, je vais réfléchir deux secondes, et tout va me venir.

Je sautai à mon tour sur le plan de travail, car les chats réfléchissaient mieux en hauteur, c'était connu. Assise près de l'évier, j'observai intensément les gouttes tomber. *Ploc plic ploc*. Les idées finiraient bien par venir, si je regardais assez longtemps. Sur le toit, les oiseaux étaient toujours là. La pie qui sautillait bizarrement était revenue et faisait des cercles frénétiques, avant de disparaître à nouveau. Décidément, elle avait les mêmes problèmes que Zouzou dans la Boîte-à-Images. Peut-être que les parasites étaient contagieux. Peut-être que les petits carrés étaient vraiment des puces et elle sautillait comme ça parce que ça la grattait. Ou elle avait quelque chose à dire, mais si c'était le cas elle ne s'y prenait pas très bien. D'un autre côté, les oiseaux parlaient en faisant des « cui-cui-cui » ou des « croa-croa », du coup on ne risquait pas de comprendre.

— York york *york* ! Alerte-oiseau ! *Alerte-oiseau* !

— Pourquoi tu aboies ? demanda Margot.

— Pour prévenir ! répondit l'andouille aboyeuse. Pour faire ouvrir la fenêtre !

— Les Hectors ne sont pas là, dis-je, tu l'as dit toi-même tout à l'heure. Qui tu veux prévenir, et qui va t'ouvrir la fenêtre ?

— Ben les… ben… oh, dit York. Désolé. C'est l'habitude.

— Ouvrir la fenêtre, dit Margot, ça je peux faire.

— Ça ne va pas nous avancer à grand-chose, dis-je.

— Bien sûr que si ! dit York. Il y a des *oiseaux* ! J'ai une *idée* !

— Aïe, ricanai-je. Je sens que ça va encore être une idée de génie, ça.

— En même temps, répondit Margot, on n'en a pas eu d'autres. J'y vais.

Margot chat de cirque, Margot la monte-en-l'air, Margot, cambrioleuse extraordinaire. Et hop la fenêtre est ouverte.

— J'ai besoin d'aide ! dit York en sautant sur la chaise. Poussez-moi sur la fenêtre !

— Mais c'est dangereux, commença Margot.

— Pas de problème, fis-je en attrapant York par la peau du dos et en le jetant sur le trou de la grille.

— Pourquoi tu fais ça ? demanda Margot.

— J'ai toujours rêvé de pouvoir le jeter comme ça, dis-je.

— Et tu vas où, là ? demanda Margot à York qui se faufilait comme un ver de terre géant par le trou de la grille.

— Je vais demander de l'aide, pardi ! répondit-il.

— À qui ? Aux oiseaux ?

— À la pie ! Elle me fait signe !

Après moult moulinets de pattes dans le vide, son arrière-train se glissa finalement par l'ouverture. La seconde d'après, York était sur le bord du toit et trottait au milieu des oiseaux affolés qui se lancèrent dans un concert d'insanités à l'encontre de l'intrus malotru. Du moins, c'est ce que j'imaginais que les oiseaux piaillaient, dans leur langage de barbares.

— Où est la pie ? jappait York au milieu des plumes. Oùestlapie oùestlapie lapie lapie *où ça* ???

Tous les oiseaux s'envolèrent d'un coup. Les Grands Chiens venaient d'arriver sur la terrasse. En fait, ils *couraient* sur la terrasse. Ils couraient droit sur York, qui s'immobilisa comme un lapin devant une chasse à courre. Cours, idiot ! Reviens ! Bouge-toi ! Pourquoi cet idiot ne bougeait-il pas ?!

Sans savoir ce qui me prit, avant même d'avoir réfléchi, j'étais dehors, devant York, à rouler des mécaniques comme si j'étais Zouzou. Zuul avait été une chatte trois couleurs très large et imposante. Je faisais la moitié de son gabarit, et mon poil était trop court pour vraiment faire illusion, mais je fis de mon mieux pour avoir l'air d'être impressionnante.

Les Grand Chiens s'arrêtèrent, intrigués. Ils étaient au bord de leur terrasse, et nous encore sur le toit des oiseaux. Bon. Il était temps de gagner du temps.

— File, idiot ! soufflai-je à York. Retourne à la fenêtre.

York était toujours pétrifié, paralysé, aplati au sol comme une carpette, fixant un point incertain entre Chien-Lion et Chien-de-Chasse. Vraiment, on n'avait pas idée d'avoir des yeux qui divergeaient autant.

Je devais distraire l'attention des Grands Chiens, les emmener plus loin et leur faire oublier York. Comme si c'était facile !

Pourquoi c'était toujours à moi de tout faire ? Je marchai jusqu'au bout du toit, me persuadant mentalement que j'étais aussi large que Chien-Lion. Ils n'osaient pas monter sur le toit, ce qui voulait dire que Germaine avait dû leur Ordonner de ne pas le faire. Bon. Mais j'étais tout de même à hauteur de leur museau et c'était une tentation dangereuse, je le savais.

Eh bien, il était temps de m'essayer aux langues étrangères.

— *York* ? tentai-je.

Chapitre 10 : où l'on parle des langues étrangères

Ohla. Ohlalalalala. Qu'est-ce que j'avais bien pu dire, encore ? Les Grands Chiens bondirent comme des ressorts, la gueule ouverte dans un large sourire idiot, la langue pendante. Chien-Lion me donna un grand coup de nez brutal, et entreprit de me lécher la tête avec sa langue pleine de... bave… beurk. Beurk beurk *beurk* ! C'est là que York fila *enfin* vers la cuisine. Forcément. Le vrai danger pour lui, c'était la perspective d'être « lavé ».

Je devais admettre que ce n'était pas non plus mon activité favorite, surtout avec un shampooing Salive Canine fait maison. Ah, mais il n'arrêtait pas, en plus ! Non, trop, c'en était trop ! Ses léchouilles-tsunamis, c'était plus que je ne pouvais supporter ! Je bondis vers le bord du toit, d'où je roulai roulai roulai dans l'herbe puis dans la terre. Mais pourquoi y avait-il une pente à cet endroit ?! Un jardin en pente ? Ridicule ! Je protestais avec véhémence ! Et je perdais de la vitesse. C'était comme si le sol s'accrochait à mes poils pour me retenir, me ralentir de plus en plus ; j'étais, en fait, dans une large flaque de boue où je m'embourbais un peu plus à chaque mouvement. Oui ! Oh, mais non ! Non ! Les chiens à mes trousses, et j'étais prise au piège ! Au prix d'un effort *surfélin*, je parvins à m'arracher du sol, avec le même bruit que les Hectors faisaient lorsqu'ils attaquaient leur litière avec une ventouse. Mais où aller ? Là, un muret ! Si seulement je pouvais l'atteindre ! Mais je pesais une tonne. Stupide, stupide boue ! J'entendais le « *wourf wourf wourf* » de Chien-Lion arriver derrière moi. Un petit effort, un tout petit effort... Là, j'étais sur le muret, hors de portée, en sécurité. Mais qu'est-ce que les chiens pouvaient avoir dans la tête ! Ils ne parlaient même pas tous la même langue, en plus ? Comment je pouvais le savoir, moi ?!

— *Hé le chat* ! beugla Chien-Lion, l'air béat.

— C'est le chat de Mamie, corrigea Chien-de-Chasse.

— *Hé le chat de Mamie* ! beugla Chien-Lion avec le même air béat.

— On peut jouer avec mais pas l'abîmer, dit Chien-de-Chasse. C'est compris mon gros ?

— *Compris, compris* ! dit Chien-Lion en poussant joyeusement Chien-de-Chasse avec son nez. *Coucou chat tu joues avec nous* ?

— Nan ! marmonnai-je à travers mes dents qui claquaient (de froid, uniquement !).

— *Chat de Mamiiiiieeee* ! insista Chien-Lion. Viens jouer !

— Elle a dit non, dit Chien-de-Chasse.

Maintenant que je la voyais mieux, je réalisai que ce n'était pas Chien-de-Chasse, qui avait été noire et blanche. C'était une autre chienne, toute noire et pas blanche du tout, avec de longues pattes, des yeux tombants qui lui donnaient un air un peu triste, mais très sage. Un Chien-Sage ?! Et où était *ma* Chien-de-Chasse ? Décidément, on ne pouvait faire confiance à personne ! On tournait la tête quelques jours et hop, tout changeait ! Et pourquoi personne ne me prévenait de rien !? J'aurais aimé savoir que ce fichu jardin était en pente avant de prendre le risque d'y aller !!

— *Elle a dit « nan »* ! dit Chien-Lion. *C'est pas pareil* ! *C'est pas le même mot* !

— C'est la même racine, dit Chien-Sage. Ça veut dire la même chose.

Vraiment ? Ils allaient débattre d'étymologie, maintenant ? C'était une nouvelle forme de torture pour les chats ? Quoi d'autre, un concours d'orthographe, tant qu'ils y étaient ?

— Hé les toutous ! lança la voix de Margot depuis la terrasse. Attrapez-moi si vous pouvez ! Venez jouer !

— *Ah* ! *Chat qui joue* !! cria Chien-Lion avec un air ravi.

Dans un ouragan de poils, de bave et d'enthousiasme insupportable, Chien-Lion partit en courant après Margot. Chien-Sage me regarda quelques secondes, et me dit simplement :

— Le jardin est à nous. Si tu y reviens, ce sera à tes risques et périls.

Et là-dessus, elle s'éloigna tranquillement à la suite de Chien-Lion. Je restai où j'étais, tremblante, grelottante, gouttant et dégoûtante, à reconsidérer tous mes choix de vie.

— Psstt !!

Qui m'en voulait, encore ? Je n'étais pas là ! J'avais bien mérité quelques secondes de tranquillité pour reprendre mon souffle !

— Psstt !! P-p-p-p-…. là !!

C'était une voix inconnue, qui venait du bout du muret. Non, merci, j'avais eu ma dose pour la journée. Mais en Regardant le muret d'un Regard Perçant (malgré la couche de saleté que j'avais sur moi), je réalisai que si j'allais jusque là-bas, je ne serais qu'à un petit bond de la toiture qui me ramènerait à la fenêtre. Mais j'avais froid. Et la boue était collante et je pesais toujours une tonne et j'avais de la boue sur ma tête et sur mes pensées.

— P-p-p-là, esp-p-p-p-... chat de go-o-o-o-t-t-t...

La voix disparut comme si quelqu'un avait appuyé sur un bâton de commande de Boîte-à-Images. Comme Zouzou. Comme tout le monde. On m'abandonnait. J'avais été trahie, moi qui avais tout donné pour ma maison et mes Hectors et même cet imbécile de York. Je n'avais plus qu'à me laisser mourir là et tout le monde me regretterait et ils seraient bien embêtés et… Oh-oh. Les Grands Chiens revenaient. Oh non ! Ils ne m'auraient pas deux fois, nom d'un petit York à roulettes ! Je sautai promptement sur le toit et me traînai jusqu'à la fenêtre.

— Tu en as mis du temps pour rentrer ! dit York.

— Ah toi ça va hein ! crachai-je alors que je me traînais de la fenêtre à l'évier. Tout ce que tu es autorisé à me dire à partir de maintenant, c'est « merci » !

— Merci ! s'empressa de dire York. Mais tu sens bizarre.

— C'est la boue, dit Margot qui était cachée dans un coin d'ombre. Ce n'est pas que de la boue.

— Merci ! dit York. Eh bien, il faut l'enlever, non ?

— Je ne peux pas, dis-je faiblement en imaginant à peine l'horreur de devoir lécher tout ça.

— Merci ! dit York. Dans ce cas il te faut…

— Ne le dis pas ! crachai-je.

— Un *bain*, termina Margot.

— Nooon ! geignis-je. Cette journée de torture ne se terminera donc jamais !

— Merci ! dit York. Mais j'ai une idée ! Ne bouge surtout pas !
— Je n'ai pas l'intention de bouger !
— Merci ! dit York. À la une, à la deux…
— À la une quoi et la deux quoi ? demandai-je, vaguement consciente d'un danger imminent.

Et avant que York ne comptât trois (à supposer qu'il sût compter jusque-là) je fus poussée dans l'évier et dans le grand pot à cuire qui recueillait l'eau du robinet.
— Et à la trois ! cria York en s'enfuyant. Merci ! York york *york* !

Je me débattais avec l'énergie du désespoir. Prisonnière d'un pot à cuire, alors ça, c'était la pire des morts ! Je me sortis de ce piège infernal (le deuxième de la journée !) avec une énergie meurtrière qui disparut complètement lorsque je fus sur le sol, comme si l'eau qui coulait sur moi me drainait de ma vitalité.

— Ça va mieux ? me demanda Margot depuis son coin d'ombre d'où on ne voyait plus que ses yeux.
— Non ! toussai-je. Je ne sauverai plus jamais personne. Je le jure. C'est fini, terminé ! La prochaine fois, je le laisse se faire manger par les Grands Chiens.
— Espérons qu'il n'y aura pas de prochaine fois, dit Margot.
— *Mpffhfhfbl* , dis-je en regardant les flaques d'eau s'étendre autour de moi. Et puis c'est qui « mamie » ?
— « Mamie » ? dit Margot. Je ne sais pas.
— C'est Germaine ! jappa York depuis le couloir. C'est comme ça qu'ils l'appellent ! Mamie ! Mamie mamie *mamie* !

Je jetai à York un Regard Meurtrier, celui qui promettait une mort lente et douloureuse et privée de bonbons jusqu'à la fin de ses jours.

— Merci ? dit-il en ouvrant de grands yeux tout en inclinant la tête avec déférence.

Oh non. Pas ça ! Pas les yeux de chien battu ! Pas maintenant ! Je n'avais pas la force d'y résister ! C'était décidément et officiellement la pire journée de ma vie.

— J'en ai ras le bol à croquettes, annonçai-je. Je vais me coucher !

Et en ignorant tout et tout le monde, j'allai droit dans la chambre de Germaine avec la ferme intention de me rouler dans les linges de l'armoire jusqu'à m'en faire une forteresse. Mais je n'en eus pas le courage. Je m'endormis sur le tapis, dans la douce chaleur du soleil, bercée par le ronron des Boîtes-à-Roues qui s'arrêtaient et repartaient en pétaradant.

Chapitre 11 : où l'on est Électrique

— *Grison…*

La voix rauque me parlait à l'oreille. Elle résonnait à travers mon rêve, ce rêve pourtant si plaisant où je courais joyeusement après York pour le jeter dans un tas de boue.

— *Grison.*

Nan. Je n'étais pas là. Je ne serai plus là. Plus jamais. Pas la peine d'insister.

— Grison !

Non non non. Il n'y avait pas de Grison à cette adresse.

— Grison ! grinça une voix aiguë et agaçante. Grison debout Grison debout debout Grison Grison *Grison* !!

— Ah mais zut, là ! râlai-je en ouvrant un œil. Vous ne pouvez pas me laisser tranquille deux minutes ?

— Ça fait un peu plus que deux minutes que tu dors, dit Margot.

Peut-être, mais qui s'accordait le droit de mesurer le temps de la sieste d'un chat, hein ? Très bien, j'avais peut-être dormi le reste de la journée sur le tapis, et toute la nuit sur le lit de Germaine. Et alors ?! Je comptais bien y consacrer ma matinée aussi. Hélas, Margot et York étaient clairement trop bêtes pour comprendre.

— Et depuis quand vous entrez dans les chambres sans demander, vous ? ajoutai-je. Surtout toi, le rat ! C'est contre le Code !

— Le Code ? s'exclama York. Quel Code ? Y'a un Code ? Quel est le Code ? Quel Code quel Code quel Code !??

— Le Code qui dit que chacun respecte la chambre de l'autre ! répondis-je.

— Je ne connais pas ce Code ! dit York. Il est nouveau ? On a des croquettes quand on le fait juste ?

— Il faut qu'on discute, coupa Margot en se grattant l'oreille. York a eu une idée.

— *York* ? raillai-je. Celui qui voulait demander de l'aide à un piaf, hier, ce qui a failli tous nous tuer ?

— Tu sais qu'il dit qu'il est intelligent quand il est concentré, dit Margot. Là, il s'est concentré.

— Très bien, dis-je en me lissant un épi de poils sur l'épaule, du côté où j'avais dormi. Vas-y, ça ne me fera pas de mal de rire un peu.

— Alors alors alors, dit York en sautillant d'impatience, j'explique ! On a besoin d'aide. Doooonc on a besoin de Zouzou.

— Oui, confirmai-je.

— Doooonc, reprit York, il faut la faire venir. Et ça, c'est par la Boîte-à-Images que ça marche.

— Oui, confirmai-je.

— La Boîte-à-Images, elle est attachée à l'Électrique.

— Je sens, dis-je, qu'on arrive à une partie que je ne vais pas aimer.

— Et puis, accéléra York avant d'être interrompu, des fois les fils grésillent et des fois Germaine prend des décharges quand elle touche des machines dans la cuisine !

C'était vaguement familier, j'avais dû entendre ça quelque part. Avant qu'on ne me demandât où, je hochai la tête.

— Doooonc c'est une piste ! jappa fièrement York. Pas une qui se suit avec le nez, mais une qui se suit avec la tête ! Peut-être que la malédiction passe par l'Électrique ! Ou qu'elle a un effet sur l'Électrique et c'est là qu'on devrait regarder, *york* !

— Tu en penses quoi ? me demanda Margot.

— J'en pense qu'il a fait un gros effort pour aligner toutes ces phrases les unes après les autres, admis-je, ce qui est déjà remarquable de sa part. Mais je ne vois pas ce qu'on pourrait y faire, nous, à l'Électrique. C'est dangereux et on n'a pas les pattes qu'il faut pour y toucher.

— Rappelle-toi avec les fantômes et le Médecin, dit York, on l'a déjà fait !

— C'est exactement ce que je voulais dire, dis-je. Tu as mordu dans un câble et tu as fait plein d'étincelles. Même si c'était amusant de te voir tout hirsute, on ne devrait pas recommencer ça.

— Non c'est vrai, c'est vrai, nous non on ne devrait pas ! dit York. Mais mon vieil Hector, lui, il peut ! Et j'ai vu plein de choses qu'il a ramenées hier ! Il va faire de l'Électrique aujourd'hui !

— Je ne vois toujours pas ce qu'on peut y faire, remarquai-je.

— On devrait le surveiller, dit Margot. Ne serait-ce que pour être sûrs qu'il ne tombe pas encore d'un tabouret, comme la dernière fois.

— Moui, dis-je. Et en vrai, on surveille quoi ?

— Je ne sais pas, admit-elle, mais on apprendra peut-être quelque chose d'utile.

— Juste *observer*, hein, précisai-je. Pas de cascades, aujourd'hui. Jurez-le. Sur votre gamelle de soupe !

— Juste observer, dit Margot. Juré sur la soupe.

— Juste observer ! dit York. Juré sur la soupe, et les croquettes !

Je me levai et m'étirai. Il n'y avait décidément jamais de repos pour les braves chats. Néanmoins, si Margot et York voulaient une participation active de ma part à leur petit plan, ils pouvaient toujours se gratter !

Le Vieil Hector et Gros Yeux se tenaient ensemble, à inspecter des petites boîtes le long des murs. Ils en avaient ouvert une, et regardaient dedans comme s'ils pouvaient lire l'avenir dans les spaghettis de fils qui s'y trouvaient.

Il était temps de prendre nos positions : York était près des Hectors, se faufilait sous leurs pieds, traçant des « 8 » autour de leurs jambes en espérant attirer leur attention, ou les faire tomber, ce n'était jamais très clair avec lui. Margot et moi, nous nous tenions en retrait, afin d'observer, elle depuis la droite du couloir, moi depuis la gauche. C'était un jeu de chat par excellence : le but du jeu était d'avoir tout le monde dans son champ de vision, tout en ayant l'air le plus innocent possible.

— Ohlalalalalalalala, dit le Vieil Hector. Quelle pagaille ! Je ne sais pas qui a fait ça mais c'était un rigolo !

— Tu peux arranger ça, mon Pépé ? dit Gros Yeux.

— Je peux essayer ! répondit le Vieil Hector. Tiens, en attendant, prends donc une photo avec ton appareil, on montrera ça aux autres, ça les fera rire. Et on va regarder le reste !

Des fils qui faisaient rire ? Soit les Hectors n'étaient pas conscients du danger, soit ils étaient beaucoup plus courageux que je ne l'avais pensé. Le Vieil Hector et Gros Yeux se déplacèrent jusqu'à une nouvelle boîte, plus loin dans le couloir. York reniflait les outils, les jambes, le sol, les murs ; ça devait être jour de fête dans sa tête ! Il devait encore sentir partout des pistes qui ne menaient nulle part. Où trouvait-il toute cette énergie ? Et surtout, quel instinct détraqué le poussait à dépenser cette énergie immédiatement au lieu de l'économiser en cas de danger ?

— Je ne comprends pas pourquoi il y a deux compteurs avec tous ces câbles, dit le Vieil Hector. Pourquoi deux? Et ils desservent les mêmes pièces, mais chacun des prises différentes ?
— Il y en a peut-être un faible et un fort ? proposa Gros Yeux. Ou un vieux et un neuf ? Ou un qui marche et un qui ne marche pas ?
— Eh ! Peut-être un peu tout ça à la fois ! Allez, on va voir la dérivation de la cuisine.

Ils se déplacèrent encore une fois. Mais quand le Vieil Hector essaya d'ouvrir la boîte, elle se mit à coincer, et à couiner, et à craquer. On aurait dit une Boîte-à-Roues qui ne voulait plus repartir.
— Mon grand, dit le Vieil Hector, il va falloir que tu m'aides ! Cette bourrique de vis ne veut pas venir !

Gros Yeux saisit un outil et attaqua la boîte de toutes ses forces. Celle-ci ne résista pas longtemps, et s'ouvrit en deux avec un « *crac* » sinistre. Qu'il était fort, Gros Yeux !
— Bon eh bien, au moins ça a l'avantage d'être ouvert, dit le Vieil Hector sur un ton résigné. Oh ! Ah ben ça ! On dirait qu'il y a une plante, dans celui-là ! Regarde, c'est tout emmêlé autour du

câble !

— Tu veux que je l'enlève, mon Pépé ?

— Attends, je vais regarder. Pousse-toi, mon petit chien.

York, tout agité, s'était précipité sous la boîte et s'était mis à aboyer comme un fou.

— Eh ben quoi ? dit le Vieil Hector. Qu'est-ce que tu as ?

C'était une excellente question. La question de toute son existence, même. Mais York était comme en transe, il se jetait contre le mur, aboyait et jappait et grognait. C'était son spectacle son-et-danse complet, celui qu'il réservait d'habitude pour les visites du facteur.

— Tu es déchaîné, dis-donc, dit le Vieil Hector en poussant York avec sa canne. Allez, mais tais-toi donc, chien d'imbécile ! Tais-toi ou je t'enferme !

Je regardai Margot, qui s'approchait discrètement en restant dans l'ombre. Allons bon, elle aussi s'inquiétait ? Elle allait se mettre à aboyer, aussi ? Tout le monde perdait la tête, sauf moi ? Eh bien, ils pouvaient devenir aussi cinglés qu'ils voulaient, je ne bougerais tout de même pas !

— C'est complètement fou, cette plante, dit le Vieil Hector. On dirait qu'elle s'écarte quand je veux la toucher. Ah mais, qu'est-ce qu'il a encore, ce chien d'ivrogne ?

York, crocs découverts et yeux exorbités, mordillait le bas de pantalon du Vieil Hector comme s'il voulait le tirer. Celui-ci prit sa canne et l'agita comme s'il allait battre York (ce qu'il ne faisait jamais, je ne comprenais pas que la menace marchât encore sur York, des fois), mais York ne le voyait même pas. Si au moins cette saucisse survoltée articulait ! Tout ce qu'on comprenait, c'était « *york york york* », ce qui ne voulait rien dire du tout, j'en avais eu la preuve !

— Mais enfin, mais ça suffit ! dit le Vieil Hector en tapant sur le mur avec sa canne.

C'est alors que la moitié des lumières de la maison s'éteignirent avec un « bbbzzzzznnnggg » suivi d'un « clang ». York fila se cacher derrière moi, et je le repoussai d'un mouvement de patte arrière. Si même l'Électrique ne pouvait plus supporter les grognements du roquet déjanté, je ne voyais pas pourquoi moi je le devrais !

— Ohlalalalala le carnage ! se lamenta le Vieil Hector. Le carnage ! C'est un des réseaux qui a sauté ! C'est fichu ! C'est tout fichu ! Ne dis rien à ta mère, on va appeler le réparateur.

Le Vieil Hector appela le réparateur avec son « téléfonne » et annonça qu'il viendrait dans trois jours. Ils allaient avoir du mal à ne rien dire à Germaine, du coup.

— Heureusement que le four est sur le bon réseau ! dit le Vieil Hector.

— Et puis internet ! dit Gros Yeux.

— On peut savoir ce qu'il t'a pris ? soufflai-je à York alors que Margot se rapprochait de nous silencieusement.

— C'est la plante ! chuchota York dans la pénombre. C'était ça, la piste ! La piste la piste *la piste* ! Elle est *partout* !

Chapitre 12 : où l'on n'a plus de parasites

Les priorités en priorité : aucun de nous ne voulait être présent quand Germaine allait rentrer et découvrir le « carnage », comme disait le Vieil Hector.

La pièce la plus éloignée de la Boîte-cassée était la chambre de Gros Yeux ; elle était située au fond du couloir après les escaliers, une salle d'eau, et la chambre de la Jeune Germaine. En face, il y avait bien celle du Vieil Hector mais Margot déclara qu'il y avait des fils partout et que compte tenu de la situation électrique, la chambre de Gros Yeux était la plus sûre. Nous nous retrouvâmes donc à trois sur le lit de Gros Yeux, au milieu de la jungle. Littéralement de la jungle, puisque c'était le thème de la décoration : des zébrures partout sur les meubles et du faux feuillage partout sur les murs. Nous étions cernés de girafes ; des petites girafes, des grandes girafes, des girafes tout en haut des étagères et tout en bas des placards, sur les tables, sur les rideaux et même sur les draps. J'allais devoir vérifier l'inclinaison du sol ici aussi, comme dans le salon. Mais un peu plus tard. Les priorités en priorité, et la priorité était York.

— Explique-nous doucement, dit Margot. La plante est... la piste ?

— C'est la piste ! répéta York sur un ton à peine moins affolé que tout à l'heure. Et la plante, elle bougeait ! Je suis sûr, *york* !

— Une plante, fis-je sagement remarquer, ça ne bouge pas tout seul.

— Celle-là si !! couina York.

— Les plantes ne vont pas non plus dans les murs avec des câbles, dit Margot. Et pourtant on l'a vue dedans.

— Qu'est-ce qu'on en sait ? répliquai-je. On ne s'y connaît ni en mur, ni en plante, ni en câble.

— Moi j'ai eu trop peur qu'elle n'attrape la main de mon Hector ! reprit York. C'était la Malédiction ! Je suis sûr ! Sûr sûr sûr sûr !!

— Quand tu dis qu'elle est « partout » dit Margot, ça veut dire que tu la sens partout ? La plante est partout dans les murs ?

— Oui !! jappa York avec détresse. Dans les murs dans le sol partout partout *partout* !!

— J'ai un peu de mal à te croire quand même, dis-je. Pourquoi toi tu la sens, mais pas nous ?

— C'est peut-être un truc de chien, dit Margot.

— Mouais...

— York a raison ! tonna la voix de Zouzou sur la Boîte-à-Images de Gros Yeux.

Encore une Boîte-à-Images ?! Mais il fallait soigner cette obsession ! Cependant, je fus agréablement surprise de voir Zouzou, entière et sans petits carrés, s'afficher triomphalement sur l'écran. C'était Zouzou dans toute sa splendeur de Trois-Couleurs, surtout qu'elle ne collait plus son nez contre la vitre. Margot et York n'avaient pas l'air si surpris que ça de la voir apparaître. C'était tout de même vaguement suspect, ça, mais je n'eus pas le temps de les accuser.

— Ça me fait plaisir de vous voir, dit Zouzou sur un ton solennel. Vous êtes très beaux, tous les trois.

— Sérieusement ? dis-je avec méfiance. Même pour l'Horreur Huileuse et le Rat Hirsute ?

— Et hier Grison est allée dans la boue ! ajouta York. C'est toujours pas très bien parti...

— Bon d'accord, admit Zouzou, visuellement il reste des progrès à faire, mais c'est beau de vous voir travailler ensemble. Vous avez fait du bon travail.

— Mouais, dis-je. Flatteuse.

— J'insiste, dit Zouzou, bravo à vous. Vous avez assez affaibli la Malédiction pour que je puisse venir vous parler plus facilement.

— C'était une bonne idée alors l'Électrique ? dit York avec l'air d'avoir reçu le plus bel os à moelle du monde et de sa vie.

— Une très bonne idée, dit Zouzou. Un éclair de génie, si je puis dire.

Ça, je l'avais senti venir. C'était moi qui me tapais tout le sale boulot, et c'était York qui allait recevoir les honneurs ? C'était tellement injuste ! Je m'assis sur le plumeau de York, pour la peine. Il n'avait qu'à pas l'agiter comme ça, aussi.

— Mais ce n'est pas fini, continua Zouzou, loin de là !

— C'était quoi cette plante dégoûtante ? dit York.

— L'incarnation de la Malédiction, dit Zouzou. Une partie, en tout cas.

— Alors il y a vraiment une plante dans les murs ? demanda Margot en regardant autour de nous comme si les lianes du papier peint allaient prendre vie.

— Oui, confirma Zouzou. C'est elle qui fait bouger la maison.

— Saleté ! aboya York. Saleté saleté saleté saleté saleté

saleté !!!

— Et les chaussettes et les ciseaux disparaissent aussi ? demanda Margot. On n'a pas rêvé ça non plus ?

— Oui, répéta Zouzou. Il y a trois Volontés dans la Malédiction : la première aime voler des choses, la deuxième secoue la maison et claque les portes.

— Et la dernière ? demandai-je, assez fière d'avoir suivi le nombre de Germaines Maudites.

— La troisième draine l'Électrique, dit Zouzou.

— Elle ne draine pas les Hectors, aussi ? demanda Margot. J'avais l'impression, parce qu'ils sont tristes tout le temps...

— Aussi, répondit Zouzou. Et les chats et les chiens, quand elle le peut.

— *Rrrr-york* ! dit York, les sales puces ! C'est comme des puces ! Ça gratte et ça fatigue ! Rrrr !

— Garde tes puces pour toi, dis-je.

— Je n'ai pas de puces ! dit York. J'ai eu les Gouttes dans le Cou !

— Concentrez-vous un peu, dit Zouzou qui commençait à s'impatienter. C'est important. Ces trois Volontés ont chacune une porte dans la maison. Vous allez devoir les fermer.

— Fermer des portes ? dit Margot. Moi je sais les ouvrir, pas les fermer. Comment on fait ça ?

— Je sais pas, dit Zouzou.

— Comment on les trouve, ces portes ? demanda York.

— Je ne sais pas non plus, dit Zouzou.

— Je sens que ça va encore être une énigme, dis-je. C'est toujours des énigmes.

— C'est pour ça je vous ai trouvé trois guides, dit Zouzou. J'ai essayé de vous les envoyer avant, mais vous ne les avez pas vus.

— Ah mince, dit Margot. On n'a pas bien regardé ?

— Vous ne pouviez pas les voir, expliqua Zouzou, puisque la Malédiction était encore forte.

— Moi j'ai vu quelque chose ! dit York. Mais j'ai oublié quoi.

— Et c'est toi qu'on félicite pour ton cerveau, dis-je avec mépris.

— On se concentre, rappela Zouzou, et on travaille ensemble ! Donc. Ces trois guides vont apparaître quand la Malédiction est faible, à des heures précises...

— À trois dans la Boîte-à-Image, coupa York, ça va être serré !

— Ils ne seront pas dans la Boîte-à-Image, dit Zouzou. Ils viendront dans la maison pour vous guider vers ce que vous devez trouver.

— Ben dis-donc, dis-je en pensant à un Noël que j'avais vécu dans le même genre. C'est toujours pareil en fait, ce n'est pas très original.

— Ça ne serait pas plus simple qu'ils te disent où sont les portes et que tu viennes nous le dire ? suggéra Margot.

— Ils ne savent pas où elles sont, dit Zouzou qui avait l'air de vouloir se taper la tête contre les bords de la Boîte-à-Images. Ce sont des guides ! Ils ne connaissent pas la *destination*, mais ils savent comment trouver le *chemin* !

— Ça n'a pas l'air très efficace, dis-je. On ne peut pas avoir une autre option ?

— Non, grogna Zouzou, et je ne fais pas les règles, donc ce n'est pas la peine de vous plaindre à moi, nom d'un petit fantôme ! Bon, qu'est-ce que je disais, moi… ah oui, le premier guide viendra cette nuit à minuit. Le deuxième…

— C'est quand déjà minuit ? demanda York. C'est quand on mange ?

— C'est le milieu de la nuit, dit Margot. Mais pas vraiment, en fait. Je n'ai jamais trop compris.
— On ne sait pas lire les heures, dis-je. Les chats n'ont pas besoin de savoir l'heure.
— Ça suffit ! feula Zouzou. Vous allez m'écouter, ou je vous laisse vous débrouiller seuls ?!
— Pas la peine de hurler, dis-je d'une trop petite voix alors que York s'aplatissait sur le lit. On ne saura quand même pas quand c'est, « minuit ».
— Oui, oui, je sais, pardon, dit Zouzou en soupirant. Le guide sera là cette nuit, guettez-le. Le deuxième sera demain dans la journée, après que les Hectors aient mangé. Et le troisième, la nuit prochaine. Ne les manquez pas !

Et là-dessus, Zouzou disparut de l'écran.
— Eh bien, dit Margot. Ça doit être très stressant, d'être un Guide Spirituel.
— C'est les puces, dit York. Quand ça gratte, ça énerve. C'est sûrement pour ça qu'elle était énervée.
— C'est ça, oui. Sûrement...

Et avec tout ça, nous avions raté le retour de Germaine et sa découverte de la catastrophe électrique ! S'il y avait eu des cris, nous n'avions rien entendu. Tout le monde était parti ! Peut-être pour faire des « courses », encore ? En tout cas la voie était libre, et nous nous séparâmes pour attendre le milieu de la nuit sans éveiller les soupçons.

Plus tard, pendant que les Hectors mangeaient des plats dans des cartons, à moitié éclairés par les lampes qui étaient sur le bon

« réseau », j'élaborai mon plan pour préparer l'action de cette nuit. La porte de la chambre ne devait pas être fermée. Bien sûr, Margot aurait pu venir m'ouvrir mais, d'une part, c'était une honte insoutenable et, d'autre part, Germaine aurait pu la surprendre et tout notre plan (et peut-être tous nos futurs plans à venir où il faudrait sûrement ouvrir des portes) tombait à l'eau. Donc, quand Germaine se préparerait à dormir, je devais la convaincre de laisser la porte ouverte.

Je me plaçai pour cela devant la porte, le moment venu, la regardant fixement pour exprimer ma volonté.
— Ah tiens ? Tu veux sortir, toi, maintenant ?
Je continuai à fixer la porte. Elle allait comprendre. Elle allait sûrement comprendre.
— Mais il y a Margot qui se promène dans le couloir, tu sais.
Je lançai un Regard Lourd de Sens à Germaine, avant de fixer à nouveau la porte.
— Bon, comme tu veux.

Germaine laissa la porte entrouverte. Voilà ! Parfait ! Mon devoir accompli, je retournai sur le lit.
— Je savais bien que tu ne voulais pas y aller, dit Germaine en refermant la porte.
Ah ! Mais non ! Elle n'avait rien compris ! Il fallait tout reprendre depuis le début ! Je sautai au sol et repris ma place.
— Tu ne sais pas ce que tu veux, en fait ? dit-elle sur un ton amusé.
Cette fois-ci, je lui lançai un Regard de Côté. Je savais exactement ce que je voulais, merci bien. Je ne voulais pas sortir, je voulais que la porte soit ouverte. La nuance était pourtant très

claire !

— Tu es folle, ma Grison, me dit affectueusement Germaine. Mais je suis contente que tu veuilles sortir, enfin !

Elle rouvrit la porte, juste un peu, puis elle se pencha sur moi pour me grattouiller la tête et me caresser le dos. C'était une honte, un affront outrageux ! Je supportai la torture bravement, préparant ma revanche. Elle serait immédiate, si la main allait trop loin. Je n'étais pas un chien, nom d'un petit York ! Pour qui me prenait-on ? J'étais une reine panthère impitoyable, un chasseur solitaire sans merci qui allait faire regretter cette injure... la main se retira. Quoi ? C'était déjà fini ?! Et moi qui ronronnais toujours comme un petit chaton ! De quoi j'avais l'air, maintenant ?

J'attrapai la main avec ma patte et l'amenai vers ma tête. Làààà, voilà, c'était *ça* que je voulais ! Il fallait me gratter la tête ! Laisser la porte ouverte et me gratter la tête. Rien de bien compliqué ! Je montrai mon approbation en mordillant sa main.

— *Aïe* ! dit Germaine en riant. Tu fais mal ! Tu fais mal !

Germaine retira sa main et me donna une croquette bonbon, avant de s'installer dans son lit et de remettre la Boîte-à-Images en marche. Je restai à surveiller un peu. Juste au cas où. C'était mon rôle, après tout. Je ne savais peut-être pas quand « minuit » était, mais je décidai que ce serait « début-de-la-nuit-de-Germaine ». Ceux qui n'étaient pas contents n'avaient qu'à aller se plaindre à Zouzou.

Une fois certaine que Germaine s'était endormie, je me glissai silencieusement dans le couloir.

Chapitre 13 : où l'on suit le vol du dragon

Pas un bruit. Pas un souffle de son. Pas même un craquement sinistre de vieille maison. Ce soir, le couloir ne bougeait pas.

Margot m'attendait devant l'escalier du grenier, seule.
— Où est York ? demandai-je.
— Il est coincé dans la chambre du Vieil Hector, répondit-elle. Tu ne l'entends pas ?
— Maintenant que tu le dis, dis-je en tentant l'oreille. C'est lui le truc qui grince et qui gratte et qui se fait disputer par le Vieil Hector ?
— Tu crois que je devrais lui ouvrir la porte discrètement ? demanda Margot.
— Non, dis-je. Cet imbécile fait trop de bruit et le Vieil Hector est réveillé. On ne peut rien faire.
— J'aurais préféré qu'il soit là, dit tristement Margot.
— Moi aussi, dis-je, ça sert toujours d'avoir un imbécile à pousser devant en cas d'attaque.
— Il n'est pas si bête, dit Margot. Mais il faut le connaître.
— Merci, mais non merci ! répliquai-je. Les saucisses à pattes, c'est juste bon à servir d'appât !
— Oui, oui, je sais, tu n'aimes personne. Bon, ajouta-t-elle en jetant un coup d'oeil en direction des marches de l'escalier. C'est

ouvert.

— C'est ouvert, confirmai-je. Passe devant. Question d'ancienneté, et tout.

— Tu sais, dit Margot, il n'y a plus de question d'ancienneté dans la nouvelle maison. On est tous arrivés en même temps.

— Passe devant quand même, poule mouillée.

Margot roula des yeux vers le ciel, mais commença son ascension. Elle passa sur un petit palier où se trouvait une large fenêtre encadrée par deux grands montants pleins de linge qui séchait. Par la fenêtre, on voyait le toit aux oiseaux où les Grands Chiens avaient failli me noyer dans leur bave. Tout était baigné de la lumière de la pleine lune. Une pie regardait la maison avec attention. Une pie, en pleine nuit ? Et est-ce qu'elle pouvait me voir ? Je me dépêchai de suivre Margot qui était déjà sur le deuxième segment des marches.

À mi-hauteur de l'escalier, un nuage passa devant la lune : l'obscurité s'abattit sur nous. Tout était si sombre qu'on ne voyait même plus Margot ! Je n'avais pas peur du noir, quel chat a peur du noir ?! Pas moi, ah ça non ! Soudain, en haut des escaliers, s'illumina une formidable flamme de lumière ectoplasmique.

Un Grand Chat.

C'était un fantôme, évidemment. Un chat-fantôme blanc tigré de rouge, et c'était le chat le plus long que j'avais jamais vu. J'avais connu des chats larges, comme Zouzou et Domino le Grand Chat Blanc et Noir, mais c'étaient des masses compactes de poils et de puissance concentrée. Ce chat-ci était long, long, long, et maigre, et musclé, et long. Sa tête était entourée d'une crinière qui flottait comme une auréole animée d'une vie propre. Comme s'il était en plein vol, ou dans un courant d'air magique. Sa queue était une cascade majestueuse presque aussi longue que lui. On aurait dit l'une de ces créatures en figurines de chez Jeune Hector ; une bête mystique, une légende vivante, apparue devant nous pour nous demander un tribut et des sacrifices de souris et d'oiseaux en échange de sa magnanimité, seulement si nous lui montrions le respect divin qui lui était dû...

— Salut, dit simplement Margot qui n'avait clairement aucun sens du mystique.
— Hé salut ! répondit le Grand Chat dont la voix sonnait comme une cloche grandiose et sonore. Vous devez être Margot et Grison ? C'est Zuul qui m'envoie. Je m'appelle Ryu.
— « Riz-U » ? dit Margot. Comme du riz ?
— Non, « Ryu », dit Ryu. Sans rien de comestible.
— Je n'ai jamais entendu ce mot avant, dit Margot. Ça veut dire quoi ?
— « Ryu », répéta le Grand Chat. Ça veut dire dragon.
Ah, voilà, c'était le mot ! Un Chat-Dragon ! J'avais eu raison ! En même temps, j'étais un peu déçue. C'est comme si York s'appelait « chien », ou si Margot s'appelait « chat ».
— Mais je n'ai jamais su pourquoi, continua Ryu.
— C'est parce que tu miaules comme le rugissement d'un dragon, dit une voix chevrotante derrière moi.

Je me retournai pour me trouver nez à nez avec un chien-fantôme ; un petit chien, un peu dans le genre de York, mais tout gris-blanc sale. Ses yeux tout blancs et tout vides ne me virent pas, et il marcha à travers moi et *kyaaaaaaaaa* !!! C'était une douche froide, mais sous la peau, comme si j'étais traversée et avalée en même temps par de la gelée à la menthe rance qui laissait mon poil tout hérissé. Heureusement que c'était un petit chien, parce qu'en plus, il allait tout doucement et tout tremblotant, l'animal !

— Tout va bien, dit Ryu, c'est juste Pépère. Ça va mon Pépère ?

— Ça va super, dit Pépère en se tournant dans la direction générale de Ryu. Bonjour, je suis ton Pépère... je veux dire, je suis votre guide.

Eh bien j'aurais deux mots à lui dire, à Zouzou ! Elle nous envoyait un chien aveugle comme chien d'aveugle ?! C'était ça, l'humour d'outre-tombe ?

— Et veillez à ne pas lui manquer de respect, continua Ryu. C'est un Lord !

— Absolument, dit Pépère en se redressant de sa courte hauteur, je suis Pépère de la Cour des Lords !

Je n'étais pas très impressionnée. Je ne savais pas ce qu'était un « lorde », encore moins pourquoi leur cour était mieux que notre terrasse à Grands Chiens.

— Pardon, dit Margot, mais vous ne deviez pas être un seul guide à la fois ? Zuul nous avait dit que le premier serait ce soir, mais les autres plus tard...

— Ah non non, dit Ryu, nous en tout cas nous deux, on marche en binôme.

— Et après on aura d'autres bi-gnomes comme vous ? demandai-je.

— Je ne sais pas, dit Ryu. En tout cas moi je vais vous guider maintenant et Pépère va m'aider. On l'a dit à Zuul mais la communication n'était pas très bonne, il faut l'avouer.

— Et moi, dit Pépère, je vous guiderai demain et Ryu va m'aider.

— Ça nous va, dit Margot qui n'avait pourtant pas l'air d'avoir beaucoup plus compris la situation que moi. Nous normalement on est trois, mais il nous en manque un parce qu'il est coincé avec son Hector.

— Oh, et qui donc ? demanda Pépère. Un autre chat ?

— Non, dit Margot, c'est York.

— Qu'est-ce que « york » ? demanda Ryu.

— C'est un chien, expliqua Margot. Un peu comme, vous, Lord Pépère, mais plus foncé.

— Ah, dit Pépère. Un congénère ! Un collègue ! Quelle robe a-t-il, alors ?

— York ne porte pas de robe, dis-je. C'est pour les Hectors, ça.

— Je parle de son pelage, gente dame.

Quelle question ! Il n'avait qu'à dire les bons mots, au lieu de parler chiffons et d'utiliser des mots compliqués comme « gente ». En plus, la réponse était évidente. Le pelage de York était... il était...

— York est de couleur York, affirmai-je. Vous n'êtes pas tous pareils ?

— Je crains que non, gente dame.

— Et c'est de ma faute ? dis-je en me demandant s'il m'insultait.

— Je pense, proposa Margot, qu'il y a une sorte de gris dans son poil.

— C'est vrai, dis-je. Il y en a.

— Et du noir, continua-t-elle. Sur le dessus il y a du noir.
— C'est vrai, dis-je. Il y en a aussi.
— Et une sorte de clair... sale, sur le ventre.
— C'est vrai, dis-je, il y en a aussi. Surtout du sale.
— Je pense que j'ai l'idée générale, dit Pépère. Merci, gentes dames.
— Bon on y va, dit Ryu, vous êtes prêtes ? Allons-y !

Ryu nous mena vers le grenier, sur notre gauche. C'était une grande pièce sous le toit, avec des tapis usés, des meubles en morceaux empilés dans tous les sens, des chaises en tas, beaucoup de poussière partout, et des piles et des piles de boîtes en cartons. Il y avait tellement de boîtes qu'elles formaient des murs entiers. C'était plus un labyrinthe qu'un grenier, si vous vouliez mon avis ! Bon, quand il fallait y aller, il fallait y aller. Je m'avançai, prête à illustrer mon courage et ma bravoure légendaires à travers cette nouvelle énigme (surtout que York n'était pas là pour tout gâcher !) quand la voix de Ryu retentit comme un carillon :

— *Non surtout pas là, ne posez pas les pattes là-dessus !!!*

Quoi ? Sur quoi ? Je restais figée, la patte en l'air, les yeux écarquillés, sans oser bouger... oh, autant laver cette patte, tant que j'y étais, puisqu'elle était déjà à bonne hauteur. D'ailleurs c'est ce que je voulais faire dès le début. Bien évidemment.
— Où ça « là » ? demanda Margot. Sur le tapis ?
— Oui, répondit Ryu alors que je louchais sur le carré de tissu gris de poussière que j'avais devant moi.
— Pourquoi pas ? dit Margot qui regardait elle aussi le tapis avec curiosité.

— Parce que ce sol c'est de la lave ! dit Ryu.
— C'est quoi de la « lave » ? dit Margot. C'est pour nettoyer ? C'est comme du savon, ça glisse ?
— Pas du tout ! expliqua Ryu. La lave, c'est comme si ta pâtée était très très chaude et brûlait tout !! On ne peut pas marcher dessus sinon nos pattes fondent !

Vraiment ? Pourtant il avait l'air tout à fait normal, ce tapis. Il ne sentait même pas le chaud. La poussière et le refermé, oui. Mais pas le chaud. Même pas un peu la pâtée. Le Dragon avait-il des visions ? D'un autre côté, nous avions un couloir qui bougeait à certaines heures, à l'étage en-dessous. On ne pouvait se fier à rien.

— Vous en êtes sûr ? demanda Margot.
— Bien sûr que je suis sûr ! dit Ryu. Je suis votre guide, faites-moi confiance ! Par ici, sautez sur les boîtes, ça va vous permettre d'escalader.
— Escalader ? répéta Margot sur un ton stupide.
— Il faut trouver notre chemin dans les hauteurs !
— Mais pourquoi ? dis-je. On peut passer entre les cartons et les tapis !
— Impossible, dit Ryu. À partir de là, il y a des tapis de lave partout ! Le seul moyen de passer, c'est de passer par en haut.
— Faites ce qu'il dit, dit Pépère. Il faut suivre le guide de votre voie.
— Bon, dit Margot, eh bien, après vous, Lord Pépère.
— Non, non, dit Pépère. Moi, ma voie est en bas.
— Pourquoi lui il a le droit de rester en bas ? grommelai-je. Je n'ai pas envie de grimper et de sauter, moi.

— Mais pouvez-vous faire ceci ? dit Ryu avec un regard malicieux.

Pépère marchait sur le tapis. Non. Non, attendez. Pépère marchait *au-dessus du tapis* ! Il était bien à trois pattes au-dessus du sol ! Et il marchait tout droit, comme si de rien n'était. En fait, il marchait tout droit vers un carton et disparut *dans* la boîte, comme si la surface l'avait absorbé.
— Oui, bon, il triche, dis-je en essayant de ne pas être impressionnée. C'est un truc de fantôme, je parie.
— C'est parce que Pépère suit son œil intérieur, dit Ryu avec un sourire de chat. Même moi je ne peux pas faire ça. Quand vous pourrez faire ça, vous pourrez suivre Pépère. Mais en attendant, suivez-moi !

Et, d'un saut majestueux, le Dragon prit son envol, et atteignit la rangée la plus haute des boîtes.

Chapitre 14 : où l'on traverse un labyrinthe

Pour rejoindre Ryu, il n'y avait qu'un moyen : grimper. Facile à dire, mais comment ? Partout autour de nous, les murs de cartons étaient lisses, bien alignés. Même Margot la Monte-en-l'air avait l'air perplexe !

— Pssst ! fit une truffe fantomatique qui dépassait d'un carton.

— Lord Pépère ? dit Margot.

— Lui-même ! répondit la truffe. Et pour monter, c'est juste derrière vous !

Derrière nous, c'était l'entrée du grenier. En effet, dans ce coin, les boîtes étaient empilées un peu différemment, décalées les unes par rapport aux autres pour créer des étages. Encore un « arbre à chat », qui par ailleurs ne ressemblait pas du tout à un arbre. C'était comme si les Hectors n'avaient jamais vu un arbre de leur vie, alors qu'ils en plantaient partout dans leurs jardins ! C'était encore un paradoxe Hector incompréhensible. Et puis pourquoi ces cartons n'étaient « escaladables » que près de l'entrée, hein ? Ça aurait été tellement plus simple de les placer comme ça partout dans le labyrinthe ! Mais non, on ne pouvait monter que par là. Ah, mais vraiment ! J'avais des choses à dire à la personne qui avait prévu le plan de cette salle !

Ryu nous attendait, majestueux et auréolé de fourrure incandescente. J'ignorai superbement Margot qui faisait ses acrobaties aériennes comme si elle était née pour ça, alors que moi, je devais m'arrêter et jauger chaque mouvement avec précaution.

— C'est très haut ! dis-je en jetant un coup d'œil vers le bas que je regrettai immédiatement.

— Un chat peut monter à l'infini, répondit Ryu. Un chat peut monter jusqu'à la lune s'il le souhaite.

— C'est beau, dit cette flatteuse de Margot. Et c'est vrai. Avant, j'allais sur le toit de l'ancienne maison, et je passais de fenêtre en fenêtre. C'était facile.

— Facile pour toi, marmonnai-je. Tu es mi-chat mi-lézard, au moins !

— Rien n'arrête l'ascension d'un chat, déclara Ryu. Le problème, c'est la descente.

— Comment ça « le problème » ? dis-je. Quel problème ? Vous voulez dire que vous ne savez pas si on pourra descendre, au bout du labyrinthe ?

— Nous aviserons lorsque nous y arriverons ! déclara Ryu en tournant sur lui-même dans le tourbillon des flammes de son corps. Être trop prudent n'a jamais mené nulle part ! Suivez le guide !

Ryu s'élança dans l'espace pour atterrir sur le mur d'en face, tel une comète de feu. Margot le suivit, avec un air extatique que j'allais m'empresser d'effacer de son museau à la première occasion. Je sautai maladroitement après elle, et atterris de justesse sur le bord de la boîte. Je ne devais mon salut qu'à mes griffes et mes réflexes ! Je le jurai, si ces cartons ne me tuaient pas, ils allaient subir ma vengeance !

— Volez ! disait Ryu. Volez jusqu'à la lune !

Cette fois j'en étais certaine. Le Dragon était majestueux, mais il lui manquait quelques cases. Et nous qui le suivions ! Nous étions encore plus folles que lui !

Néanmoins, de boîte en boîte, de pile en pile et de saut en saut, nous arrivâmes au bout du labyrinthe. Bientôt ce fut le dernier rempart, et derrière… il n'y avait plus rien. Nous nous trouvions au creux de la pente du toit, juste sous sa partie la plus haute. Au sol, je devinai encore des tapis et au-delà il y avait un mur de pierre. Sous mes pattes, les cartons formaient une paroi lisse et verticale qui allait, allait, allait et qui me donnait le vertige. Ryu, lui, attendait, guettait quelque chose. Quoi, encore ? Quelles acrobaties allait-il pouvoir nous faire faire ? Je m'attendais à voir apparaître des cercles de feu dans lesquels il faudrait sauter, ou quelque chose dans ce goût-là, quand soudain j'aperçus Pépère émerger d'un carton, en silence. Il continua sa route jusqu'au Mur Du Fond. Dès que son nez fut contre le mur, ou plus exactement *dans* le mur, il se mit à renifler frénétiquement.

— Pépère a trouvé ce que vous cherchiez, annonça Ryu. C'est là qu'il faut aller.

— Ce qu'on cherchait ? demandai-je légèrement distraite par la hauteur de notre situation.

— Votre porte ? dit Ryu.

— Quelle porte ? Ah oui, dis-je alors que les choses me revenaient doucement, les portes des trois Germaines.

— Et comment on fait pour l'atteindre ? demanda Margot en miaulant plaintivement.

— Il va falloir se laisser glisser sur les ailes du vent, dit Ryu.

— Mais c'est très haut, dit Margot.

— Et il n'y a pas de vent, fis-je remarquer. Les fenêtres sont fermées.

— Je vous assure que c'est facile ! dit Ryu. Je le faisais tout le temps, de mon vivant !

— De votre vivant ? répétai-je prise d'une soudaine inspiration. Rappelez-nous comment vous êtes mort, déjà ?

— Vous savez, ça c'est drôle, dit Ryu, je ne m'en souviens plus vraiment. Mais je suis pratiquement sûr que je volais.

— Vous voliez ? insistai-je. Comme un oiseau ?

— Mais non enfin, je n'ai pas d'ailes ! répondit Ryu. Comme un dragon ! Et j'ai touché la lave et c'est là que je suis mort. C'est la preuve que c'est la lave qui m'a tué. Ne touchez pas la lave, jamais.

— Donc si on tombe sur le parquet, tout va bien parce qu'on se casse les pattes mais on ne meurt pas ? dis-je puisque le sarcasme était ma dernière arme.

— Ce serait mieux sans se casser les pattes, dit Ryu après quelques secondes de réflexion.

— Et si vous passiez devant ? proposai-je en tentant une autre approche. Juste pour nous montrer ?

— Je le ferais avec grand plaisir, dit Ryu, mais je ne le peux pas. C'est bientôt l'heure.

— L'heure de quoi ? dit Margot.

— Lorsque les portes s'ouvrent, dit Ryu, Pépère et moi disparaissons. C'est la Malédiction qui fait ça. D'ailleurs ça commence, ajouta-t-il alors qu'il commençait à s'estomper. Bonne chance !

Et en quelques secondes, les flammes du dragon s'évaporèrent et laissèrent derrière elles des ténèbres un peu plus sombres. Il n'y eut plus que Margot et moi. Au moins, elle n'avait pas l'air beaucoup plus à l'aise, et j'en tirai une grande satisfaction.

— On va se tuer, dit Margot.

— Non, dis-je. On va se tuer *et* on va devenir des fantômes, *et* là on pourra voler mais ça ne servira plus à rien.

— Tu n'aides pas !

— Je sais.

Une petite lucarne au-dessus de nous laissait passer la lumière de la lune. C'était une vieille fenêtre qui n'avait pas été ouverte depuis des lustres, si je pouvais en juger par les toiles d'araignées qui envahissaient les coins. Il y avait quelque chose, sur la lune. Non, devant la lune. Une petite araignée au bout d'un fil, et qui se balançait précairement. Voulait-elle monter, ou descendre ? Il fallait qu'elle se décide ! Et puis qu'est-ce qu'elle avait, à frimer comme ça ? Moi aussi je frimerais, si j'avais un fil pour m'aider à rester accrochée. Hmm. *Accrochée*...

— Reste là si tu veux, ma poupoule mouillée, dis-je à Margot. Moi, je vais essayer.

— Essayer quoi ?

— Essayer de voler !

— De voler ? répéta Margot sur un ton alarmé.

— De voler jusqu'à la lune ! dis-je en imitant l'emphase de Ryu. Mais à *ma* façon.

Je me tournai, le nez collé au carton pour ne pas voir le vide. Voilà, parfait, je ne voyais plus rien. J'appuyais mes pattes arrière juste au bord de la boîte, et plantai toutes mes griffes dans le carton afin de me retenir. À présent, la partie délicate… doucement, douuucement, je basculai mon poids vers l'arrière.

Mes pattes glissèrent le long du carton, mon poids m'entraînant vers le bas, mais mes griffes, bien longues et bien solides, me retenaient au carton. Lentement le carton se creusa, et fila *zooooooooop* jusqu'en bas.

L'atterrissage sur mon fessier fut plus rapide et plus rude que je l'avais prévu, mais j'étais sur le sol, en sécurité, et vivante, et entière, et Margot me regardait comme si j'étais la huitième merveille du monde des chats. Ah, savoureuse victoire suprême ! Si seulement mes pattes ne me faisaient pas mal comme mes griffes et mes coussinets étaient en feu ! Stupide, stupide carton !
Margot m'imita en tous points, et glissa le long du mur de boîtes comme une grosse araignée noire huileuse et poilue, avant d'atterrir à côté de moi d'une manière beaucoup moins élégante. Ah ! Pour une fois !
— Tu es un *génie*, dit Margot entre deux coups frénétiques de langue sur ses pattes.

J'allais lui reprocher d'avoir mis des années à l'admettre lorsque des craquements retentirent au-dessus de nous. Les boîtes ! Elles s'ouvraient ! Nos griffes avaient creusé de longues failles sur leurs flancs et tout était en train de s'effondrer ! Dans un grand « *crac* », le contenu de plusieurs boîtes s'écroula dans notre direction. Nous eûmes à peine le temps de nous écarter qu'une pluie de livres s'abattit sur le sol, formant une petite montagne recouvrant les tapis.
— Tu es doublement un génie, dit Margot. Triplement ! Non seulement nous allons pouvoir remonter, mais nous pouvons marcher sur les livres pour éviter la lave !
— Arrête, là tu en fais trop, dis-je en commençant à me méfier.

— Mais c'est vrai !

— Oui mais plus tu le dis et moins ça a l'air sincère ! répliquai-je. Je ne vais pas ronronner pour le reste de ma vie, non plus ! Et on a une mission à terminer, là.

C'était vrai, la porte était là, et semblait nous narguer. C'était une petite porte en bois, comme une chatière, mais faite tout de travers, comme la mini-Germaine qui volait les chaussettes. Le coin droit était plus haut que l'autre et, maintenant que j'étais plus près, je voyais qu'elle avait plein de côtés tout en zig-zag. Je ne trouvais même pas les charnières, comment cette chose était-elle censée s'ouvrir ? Le mur de la maison, lui, était en pierre, mais la partie qui reliait les pierres entre elles tout autour de la porte était noire et suintante.

— Ça sent mauvais ! dit Margot. C'est du moisi, je dirais.

— Oui, aussi, dis-je. Et de la terre rance.

— Oui, aussi, dit Margot. Et des cendres.

— Je dirais aussi des champignons. Ou des œufs pourris.

— C'est donc ça, l'odeur de la Malédiction.

Mais que faire, à part se plaindre de l'odeur ? Je regardais fixement la porte. Margot regardait fixement la porte. Ça ne marchait pas plus que dans la cuisine. Que faire d'autre ? Miauler pour attendrir la porte ? Feuler pour intimider la porte ? Et pourquoi pensais-je que la porte avait une volonté propre ? C'était juste une porte. J'allais bien trouver quelque chose ! Qu'aurait fait Zouzou ? Qu'aurait fait York ?

Non, décidément, aucune idée, ni géniale ni idiote, ne me venait. Je commençais à avoir les yeux qui se croisaient, et envie de bailler.

— À ton tour de réfléchir, dis-je. Moi, j'ai déjà donné pour la journée.

Et puis, une de mes griffes me gênait. Je l'inspectai ; et voilà, elle était fendue au bout, presque cassée ! Il fallait que j'arrange ça. Il suffisait que je la gratte un peu, voilà, comme ça. Ça marchait, mais je devais y aller doucement. Encore un peu, encore... voilà, sur le côté. J'étais sur la bonne piste.
— Oh ! fit Margot ! Qu'est-ce que tu fais ?
— Je me fais les ongles, répondis-je. Ça ne se voit pas ? ajoutai-je en faisant ma plus belle signature tant que j'y étais.
— Regarde ! s'écria Margot. Ça marche !
— Pas encore, dis-je, tu vois bien que ma griffe est encore abîmée !
— Pas ta griffe ! dit Margot. *La porte* !

La porte, quelle porte ? Oh, la porte des Trois Germaines ? Ah, c'était ce que j'avais utilisé comme grattoir. Eh bien. Voilà que j'étais géniale sans même faire le moindre effort ! C'était de mieux en mieux ! Et, en effet, la porte biscornue était beaucoup moins apparente qu'avant. Ses bords semblaient se fondre avec le mur, et des pierres apparaissaient à travers le bois.

Margot donna un coup de griffe à son tour ; la porte sembla clignoter sous les coups. Margot et moi échangeâmes un regard. Margot se gratta les côtes. Elle s'échauffait, la gueuse, mais elle ne perdait rien pour attendre !
— Qu'est-ce qu'on attend ? souffla Margot.
— Rien ! m'écriai-je en me jetant sur la porte.

Ce fut un combat sans merci que nous ne pouvions que gagner. Et, pour la première fois, nous étions en parfait accord ! À force de griffes de dents et de poils (Margot tenta de se gratter le dos contre le bois à un moment), la porte ne résista pas. C'était comme si nous avions effacée son existence. Je pouvais voir nos signatures sur la pierre, qui ne montrait plus le moindre petit aspect « portesque ». C'était du travail fait, et bien fait.

— On l'a eue ! dit Margot qui avait l'air de trouver ça très bien mais très surprenant.

— Et bien eue, dis-je avec hauteur. C'est exactement ce que j'avais prévu depuis le départ et tout s'est déroulé selon mon plan imparable.

— Bien entendu, dit Margot avec un petit air malicieux et irritant. Rentrons, avant que les Hectors ne nous trouvent ici !

Deux chats pouvaient voler jusqu'à la lune. Et faire disparaître une porte pour sauver leurs Hectors. Tout était parfait ! En tout cas, tant que personne ne découvrait que c'était nous qui avions ouvert les boîtes de livres et tout fait tomber par terre.

Chapitre 15 : où l'on fait du désherbage

Après les émotions de la nuit, j'avais largement le droit de m'offrir une grasse matinée. Si on pouvait se fier à Zouzou, le prochain guide ne serait pas là avant l'après-midi. J'avais largement le temps.

Je restai donc sous la couverture jusqu'au repas des Hectors. Ils étaient encore de sortie aujourd'hui, c'était à croire que ces « courses » étaient addictives ! J'attendis le dernier moment, le bruit de la porte du garage qui s'ouvrait, pour me résoudre à bouger. Le couloir vibrait un peu, sous mes pattes, mais sans plus. Bon. Tendant l'oreille, je perçus une horrible voix rauque et une horripilante voix de crécelle venant du grenier.

— Eh bien ? demandai-je en arrivant devant la grande fenêtre du palier, entre les étendoirs à linge. Qu'est-ce que vous faites là ?

— On t'attendait, dit Margot. Et on attendait les guides, aussi.

— Pourquoi ici ?

— C'est ici qu'on les a vus hier soir, dit Margot. Tu vas voir, dit-elle à York. Ils sont super !

— J'ai hâte j'ai hâte j'ai *hâte* ! dit l'excité à ressorts tout en sautillant. Un chien guide et un dragon qui vole ! Ça va être super super *super* !!!

— Ils ne sont pas si intéressants, dis-je. C'est moi qui ai dû tout faire !

— Toi, vraiment ? fit la saucisse survoltée avec une expression de surprise qui me donna envie de le cogner.

— Tu as tout raté, ce n'est pas de ma faute ! demande à Margot, elle a tout vu !

— Grison a résolu toutes les énigmes, dit simplement Margot.

— Oui mais elle ne vole pas ! dit York. Un dragon qui vole c'est mieux que des énigmes !

Je collai une bonne tape sur le museau du navrant névrosé. Non mais ! J'allais lui en mettre une autre quand du coin de l'œil et par la fenêtre, je vis une forme s'agiter de façon frénétique. C'était encore cette pie ! Décidément, elle était aussi dingue que York, celle-là ! Elle agitait ses ailes, comme si elle faisait de grands signes. Puis elle sautilla encore un peu, prit son élan et son envol. Bon débarras. Je pouvais retourner à mes occupations, en l'occurrence, taper sur un imbécile.

— Aïe ! geignit York. Pourquoi tu me tapes encore ?

— Sois respectueux quand tu parles ou je t'en colle une troisième ! crachai-je. Je t'ai sauvé des Grands Chiens !

— Merci ! jappa York. Mais moi j'ai trouvé la plante dans l'Électrique ! Et tu ne peux quand même pas voler !

Un grand « *CLONG !* » coupa court à la conversation et aux claques sur le point d'être données. C'était le bruit infernal que fit la pie en se projetant contre la vitre, et elle ne s'arrêta pas là, oh non ! Cette oiseau de malheur battait des ailes contre la fenêtre et piaillait tant qu'elle pouvait.

— Ouvrezmoiouvrezmoiouvrezmoiouvrezmoi !!

— Vous croyez qu'elle veut qu'on lui ouvre ? dit York depuis l'étendoir à linge sous lequel il s'était caché, le trouillard.

— Elle va attirer tous les Hectors voisins ! dit Margot qui était à côté de moi sous l'autre étendoir.

— Ouvrezmoibandedasticotscestmoivotreguidenomdunepipe !! piailla la pie de plus belle.

— Je le savais ! jappa York. Je savais qu'il fallait lui parler ! Ouvrez ouvrez ouvrez ouvrez *ouvrez* !!

— Margot, dis-je, c'est ton truc, les fenêtres.

La pie sembla comprendre, et s'éloigna de la vitre le temps que Margot fît son tour de passe-passe. Malheureusement, la fenêtre ne put que s'entrouvrir.

— C'est coincé, dit Margot sur un ton dépité.

— Ah laissez, jeune fille, laissez, dit la Pie. Je ne peux pas entrer, de toute façon.

— Ah non ? dit York. Pourquoi vous avez dit « ouvrez » alors ?

— Pour pouvoir vous *parler*, dit la Pie. Moi je hante le jardin, je ne peux pas tout faire. Bon, alors. Mais vraiment, ce qu'il faut faire pour attirer votre attention !

— On est désolés, dit Margot.

— Pas moi, dis-je. Vous n'aviez qu'à être plus claire.

— Laissez, laissez, dit la Pie. Bon. Je me présente. Je suis l'Oracle à Une Patte. Vous pouvez m'appeler Ora.

— Pourquoi « Oracle à Une Patte » ? demanda Margot.

— Parce que je n'en ai qu'une ! dit Ora la Pie en battant des ailes pour montrer son impatience et son unique patte Vous n'êtes pas très affûtés, hein ? Bon, alors. En plus, vous n'êtes pas au bon endroit. Vous savez pourtant où est la deuxième porte !

— Ah bon ? dit York. On le sait ?

— Bien sûr qu'on le sait ! dis-je alors que je n'en avais aucune idée.

— Bon, alors ! dit la Pie. Où est-ce que vous avez vu disparaître les couteaux ?

— Dans la cuisine, dit Margot. Alors c'est bien là qu'est la porte ? Mais on n'arrive pas à ouvrir le placard.

— C'est parce que vous avez besoin d'aide, bande d'asticots ! glapit la Pie.

— Mais on ne peut pas demander aux Hectors, dit York, ils ne comprennent rien ! Encore pire que nous !

— Pas besoin des Hectors ! dit la Pie. Bon, alors ! Vous avez seulement besoin d'un museau à la bonne hauteur.

— Oooh, fit Margot en plissant les yeux. Je crois que j'ai compris.

— Bon, alors ! dit la Pie. Au moins une personne suit, ça fait plaisir !

— Je peux le faire, dit Margot. Attendez-moi dans la cuisine, près de l'évier.

Et elle fila dans le couloir sans attendre une réponse. Je n'aimais pas ça. Ooh, que je n'aimais pas ça.

— Bon, alors ! dit Ora la Pie. Vous attendez quoi ? Qu'il pleuve des pies ? Allez dans la cuisine, et plus vite que ça !

Mais elle m'agaçait, cette Pie qui me donnait des ordres ! Décidément, j'aurais mieux fait de rester couchée, aujourd'hui ! Mais York, lui, partit en courant, nez au vent et oreilles baissées, et je ne voulais pas rester en arrière. Je filai jusqu'à la cuisine et poussai York pour qu'il me laissât la chaise près de l'évier.

Margot était dans le salon. Je l'entendis sauter une fois, deux fois. La poignée d'une porte s'ouvrit. Des bruits de grattements, des pas lourds. On aurait dit... non... elle n'aurait tout de même pas...

— *Chaaaaaaat* ! hurla la voix de ce balourd de Chien-Lion. *On est làààààààà ! Chat de Mamiiiieeeeee !*

Oh. Ma. Déesse. Égypt-chienne. Des. Chats.

Ce fut la panique la plus totale, un tourbillon de poils odorants et de narines reniflantes et de pattes qui se cognaient partout, repoussaient les chaises, renversaient tout ce qui était à portée de tête ou de queue. C'était bien simple, ils n'étaient que deux, mais on aurait dit qu'il y avait une marée de chiens, des chiens partout, un raz-de-marée canin. On entendait le « *tonc-tonc-tonc* » de leurs queues qui tapaient contre les pieds de la table, et les « *crich-crich-crich* » de leurs griffes sur le sol. Et, par un coup de chance incroyable, le gros fessier de Chien-Lion tapa juste où il fallait sur le placard. La porte s'ouvrit.

Surpris par le contact, Chien-Lion s'avança sous la table, ce qui ne le mena nulle part. Il voulut immédiatement se retourner, mais la table se souleva avec lui et se cogna partout avec chacun de ses mouvements.
— *Waouh* ! beugla-t-il. *Je suis une tortue* !!

C'était une torture, oui ! Tous les chiens devaient avoir un instinct d'animaux de cirque, si vous vouliez mon avis ! Mais tant qu'il était coincé là-dessous, j'avais une chance d'entrer dans ce placard avant que cet idiot ne le refermât par erreur. Je me glissai sur l'étagère, York sur mes talons.

Là, je tombai nez-à-nez dans les plats à four avec un coussin plein d'épingles que Germaine utilisait pour faire sa couture. Qu'est-ce que c'était que ça, encore ? Ça bougeait ! C'était une mini-Germaine à tête de piquants ! Je n'eus le temps de voir que cela ; la mini-Germaine hurla et me jeta un bouchon en liège à la tête avant de disparaître.

— C'était quoi ?! dit York. C'était quoi, c'était quoi, c'était *quoi* ???

— On s'en fiche, pousse-toi ! dis-je en reprenant mes esprits. Il n'y a pas de place pour deux !

— Je peux aider ! Et regarde ! La porte la porte la porte ! Elle est là !

— Je ne suis pas aveugle ! crachai-je.

C'était une porte tout aussi tordue que celle du grenier. Elle était même pire, avec des côtés qui partaient en pointe comme une étoile qui aurait été dessinée par York. On aurait dit une porte-oursin ! Celle-là non plus, je ne voyais pas comment elle aurait pu s'ouvrir, mais ça m'était bien égal sur le moment.

— Laisse-moi la place pour gratter ! dis-je en poussant York.

— Gratter je sais faire aussi ! *York* !

Et il se mis à creuser le mur comme si sa vie en dépendait et qu'il s'était entraîné pour ça depuis sa naissance. J'avais presque envie d'être admirative et de le laisser travailler, mais j'avais mon honneur, et c'était *York*, nom d'une croquette bonbon périmée ! Alors je grattai la partie du haut pendant qu'il s'acharnait sur la partie du bas.

— Si on a le droit de marquer-*scratchy*, demanda-t-il au milieu des bouts de bois qui volaient, on a droit de marquer-*pipi* ?

— Peut-être, répondis-je, mais pas dans les plats de Germaine. Du moins pas si tu veux qu'on reste en vie.

La porte à piquants avait pratiquement disparu. Soudain, une sorte de secousse me projeta dans un plat en terre, alors que York s'aplatissait dans une terrine.

— Qu'est-ce qu'il se passe ? geignit York.

— La cuisine se défend ! dis-je parce que je trouvais que ça sonnait bien.

En tout cas, le sol se tordait, et penchait comme dans le couloir, et pas seulement à cause des bêtises de Chien-Lion. Le mur ondulait, près de moi, comme si le faux-bois avait une petite envie de danser. Une petite feuille émergea du mur. Puis une tige. Puis deux tiges. Puis des tas de tiges jaillirent et se nouèrent devant la porte, pour la protéger en formant une barrière végétale.

— Ah non ! protestai-je. C'est injuste !

Mais je n'allais pas me laisser abattre par quelques tiges. J'avais le pouvoir d'arrêter des Boîtes-à-Roues, après tout ! Dommage que ça ne marchait pas sur les plantes…

Soudain il y eut un grand bruit de table qui dégringolait, quelque part hors du placard, et tout d'un coup la tête de Chien-Lion emplit tout l'espace.

— *Salut vous ça va ça va ça vaaaa* ? cria Chien-Lion.

Il reniflait et léchait et posait sa truffe immonde partout où il le pouvait comme s'il avait perdu quelque chose. Sa cervelle, peut-être ?

— Ça allait jusque-là, dit York qui était lentement couvert de bave.

— Pousse-toi Nounours, dit Chien-Sage.

La grosse tête de lion fut remplacé par une tête noire.

— Ah je vois, dit-elle et je savais qu'elle disait n'importe quoi parce que personne ne voyait plus rien dans ce pandémonium. Il faut arracher.

— *Arracher* ! *Compris* !

La tête noire disparut et la tête de lion revint.

— C'est ça, dis-je, il faut arracher. Mais la plante, pas moi !!

Chien-Lion semblait s'amuser comme un fou, la langue pendante et les yeux écarquillés. Il mordit à pleines dents dans la plante, coupant une partie de ses tiges. Il y eut comme un crissement d'horreur qui secoua tout le meuble, transperçant mes oreilles, et les tiges coupées s'enroulèrent autour du museau de Chien-Lion. Celui-ci secoua la tête pour s'en débarrasser, ce qui ne fit absolument rien à la plante, mais secoua toute la vaisselle du placard.

— Attaque en renfort ! cria Chien-Sage.

Mais au lieu d'entrer, ses pas s'éloignèrent. Où était-elle passée ? *Bonk* ! fit la tête de Chien-Lion en se cognant contre le tiroir au-dessus. *Clink* ! firent les ciseaux à l'intérieur (et j'espérai qu'ils allaient y rester!). *Clong-clong* firent les plats qui glissaient du côté où le sol penchait toujours. Le crissement du faux-bois sur le faux-bois devenait assourdissant et je me souvins d'un coup qu'il y avait aussi plein de verres au-dessus de ma tête. Les meubles tombaient les uns contre les autres, la cuisine s'effondrait sur elle-même. Si nous survivions à cela, nous allions sûrement battre un record de dégâts. Peut-être même du monde entier !

— *Bourgnois za passhe pas* ? beugla Chien-Lion.

Comme si tout le reste ne suffisait pas, quelque chose grattait contre la paroi, depuis de l'autre côté de la porte biscornue. Un nouvel ennemi allait-il en sortir ? Si seulement j'avais pu traverser les murs, comme Pépère ! Ou me téléporter loin d'ici, n'importe où sauf ici ! Enfin, sauf le panier de York. J'avais mes limites.

Chien-Lion se débattait, et autour de nous tout vibrait ; les placards, les assiettes, le mur. Nous aussi, d'ailleurs. Heureusement que nous n'étions pas du côté de la Boîte-à-Chaud, ou de l'évier ! Oh, mais j'avais oublié la Boîte-à-Froid, qui n'était pas si loin, et qui était très lourde, assez lourde pour faire de nous des chats très plats si elle nous tombait dessus. Mais quelle mort grandiose, pensai-je. Digne d'une reine, d'une déesse. D'une déesse de la destruction !

Chien-Lion se redressa avec tant de force que la plante céda enfin. Oui ! York s'approcha du reste de porte pour lui faire subir son marquage tout personnel, qui eut raison d'elle. Victoire ! Le mur où elle s'était trouvée, qui devait être plus plante que plâtre, s'effondra finalement ; j'eus le temps de voir la tête ahurie de Chien-Sage de l'autre côté du mur, avant de réaliser que c'était une sortie ! J'étais libre ! Je pouvais fuir ce piège ! J'attrapai York par la peau du dos et l'entraînai à travers le mur, pas pour l'aider, bien sûr, mais parce qu'il me gênait pour passer. Et puis quoi, encore ? En passant à mon tour, je crus voir un trou qui partait vers l'étage en dessous, mais je n'eus pas le temps d'explorer. La partie supérieure du mur s'écroula. Dans un craquement sinistre, les placards-du-haut tombèrent sur ceux du dessous, à l'endroit exact où nous nous étions trouvés une seconde auparavant.

Chapitre 16 : où l'on suit la voie du Pépère

Non. Je n'étais pas cachée sous la Boîte-à-Images du salon, pas du tout. Je m'étais simplement mise à l'abri de la poussière, qui avait tout envahi et qui dissimulait tout et chacun dans une ambiance de fin du monde. Je ne distinguais même pas Margot, et pourtant elle tremblait à côté de moi ! La pleutre. L'indigne insulte au flegme félin. Et tant qu'elle était là, je ne pouvais pas montrer la moindre peur ; même si elle ne me voyait pas, c'était un principe ! C'était tellement égoïste de sa part ! À moins que ça ne fût York ? Mais c'était pareil. Pire, même ! Tous des égoïstes !

On entendait des « *wourf* », et le son des griffes fouillant les débris, indiquant que Chien-Lion et Chien-Sage étaient vivants, quelque part. Lorsque la poussière commença à retomber, leurs formes émergèrent du nuage. Chien-Lion apparut, l'air à la fois ahuri, content de lui et vaguement inquiet. Quelle noble créature. Sa force était réellement divine. Il méritait notre admiration (tant qu'il restait loin), et aussi un bon bain, parce qu'il était recouvert d'une épaisse couche blanche farineuse. Il s'ébroua, et projeta de la poussière et des gravats partout autour de lui, mais rien n'y fit, il m'évoquait toujours un tas de serpillières usées.

Les lianes de la plante étaient à terre, et apparemment mortes. Ah, elles faisaient moins les malignes, à présent qu'elles pendaient lamentablement comme des branches de vieux bois sec ! Il y en avait sur le sol, aussi, en petits morceaux. On les distinguait bien, au milieu des morceaux de tasses et d'assiettes sur lesquelles Chien-Sage dérapait, cherchant et fouillant dans les débris.

Je n'avais pas entendu la porte d'entrée s'ouvrir, mais tout d'un coup le Vieil Hector était là, dans ce qui restait du couloir. Il ouvrait de grands yeux devant la scène et agitait les mains comme pour tourner des choses invisibles. Allons bon. Était-ce un bon signe ou un mauvais signe, ça ?
— Alors ça ! s'écria-t-il. Ça ! Viens voir ! Viens voir !
— Qu'est-ce qu'il y a, Papa ? dit Germaine qui arrivait derrière lui. Oh ! fit-elle en ouvrant une bouche parfaitement ronde. Ohlalalalalalalaaaaaa !
— C'est une fuite de gaz tu crois ? demanda le Vieil Hector.
— Ça ne sent pas le gaz, dit Germaine. Et regarde, le four est intact, la gazinière aussi. On dirait que c'est le frigo qui est tombé ? Mais comment ? Le plancher s'est effondré ?
— Le plancher est droit et raide comme la justice ! répondit le Vieil Hector. On pourrait jouer à la pétanque dessus !
— Mais regarde ces branches ! s'écria Germaine. D'où ça sort, ça ? C'est du lierre ? C'était dans le mur ? Mais c'est tout sec, c'est là depuis longtemps… on est assurés contre ça ?
— Assurés contre les plantes dans les murs… ?

Germaine contemplait le carnage. Cette fois-ci, c'était la fin, je le savais. Nous allions tous finir au chenil ou, pire, être enfermés tous ensemble dans la baignoire pour être lavés ensemble.

Germaine semblait à court de mots, mais pas en colère. Pas encore, en tout cas. Mais elle pouvait encore exploser d'un coup... Chien-Lion avança vers elle en remuant la queue, tout ravi de la voir, mais incertain de ce qu'il fallait faire à présent. Il se colla contre ses jambes comme un chiot de la taille d'un veau, et lui lécha la main, ce qui sembla débloquer Germaine.

— Mais, les chiens sont ici ?! finit-elle par dire en les guidant vers la porte de la terrasse. Allez, dehors ! Mais comment sont-ils entrés ? Oh mon dieu, les chats ! Où sont les chats ?

— Là regarde, je les vois ! dit le Vieil Hector. Les deux chats, et mon petit chien.

— Ça va mes trésors ? dit Germaine en s'avançant vers nous. Vous n'êtes pas blessés ?

Eh bien ! Si j'avais su que casser autant de choses ne nous aurait pas attiré d'ennuis, je l'aurais fait depuis longtemps ! Même si quelque chose me disait que la Malédiction était toujours là, et que peut-être que Germaine ne réagissait pas tout à fait comme d'habitude. Peut-être. Peut-être que la Malédiction nous affectait aussi, parce que je me laissai ramasser sans trop rien dire, trop contente de ne pas être envoyée au chenil ou au shampooing. Nous fûmes installés dans la chambre de Germaine pendant que des Hectors spécialistes étaient appelés d'urgence. Nous restions en silence, à attendre une mauvaise nouvelle. Mais non. Les Spécialistes déclarèrent que la maison était en bon état et que rien n'allait s'écrouler. La Plante n'était pas grosse et n'avait pas fait plus de dégâts que de coloniser le mur, et le mur n'avait été qu'une cloison qui ne supportait rien. Nous pouvions rester dans la maison !

— Bon, dit Germaine au Vieil Hector. Tu sais quoi ? C'est le destin. Papa, va chercher les garçons. Dis-leur d'apporter les masses. On va en profiter et finir le travail !

Et là-dessus, nos Hectors finirent d'abattre le mur. C'était tout eux, ça ! On ne pouvait vraiment jamais savoir ce qu'ils allaient faire ! Ça leur prit des heures pour tout casser et tout déblayer. Après ça, ils firent la fête avec de l'eau à bulles dans ce qu'il restait de leurs verres. J'étais contente pour eux, mais en même temps, ils agissaient comme si tout était fini. Ce n'était pas fini, loin de là ! Il restait encore une porte à effacer !

Vers minuit (du moins c'était ce que je supposai), toutes les portes de l'étage étaient ouvertes. Margot, peut-être ? Un fantôme ? La maison qui voulait nous aider ? Dans tous les cas, le message était clair. Nous nous retrouvâmes sans un mot devant les escaliers ; Margot, York et moi. Lorsque Ryu apparut dans le couloir, flottant juste au-dessus de nous, il me sembla encore plus brillant et magnifique qu'avant. C'est là que je retrouvai réellement mes esprits. Je secouai un peu la tête comme pour en faire tomber de la poussière qui aurait été à l'intérieur. Là ! J'étais prête à aller chasser cette dernière porte.
— Vous êtes incroyables, nous dit Ryu. Vous êtes venus à bout de la Plante de la Cuisine ! Je suis fier de vous ! Mais venez vite. La dernière porte ne va pas tarder à apparaître, et le chemin est plein d'embûches !

Et il s'élança dans les airs... pour redescendre les escaliers, flottant au-dessus des marches qui menaient au rez-de-chaussée. Qu'allions-nous découvrir dans les profondeurs de la maison ?

Qu'allions-nous devoir affronter ? Qu'allions-nous… mes pensées grandioses et tragiques furent interrompues par un crissement de griffes qui dérapaient, et un petit tas de poils roula sur les marches en faisant « *York ! York ! York ! York !* » avant de finir dans un pot où poussait un petit arbre.

— Il est parti trop vite, m'expliqua Margot. Quand il fait ça, son arrière-train lui passe par-dessus la tête et il roule jusqu'en bas.

— Je vais bien ! jappa York. Je ne me suis pas fait mal !

Je sortis York du pot par la peau du dos et le déposai par terre. Cet arbre sentait quelque chose de familier, mais je ne savais pas quoi. Quelque chose d'important, en rapport avec un arbre que j'avais connu… ça devrait attendre, parce que York était déjà reparti, cette sauterelle électrisée.

— Dépêchons-nous avant que cet idiot ne réveille toute la maison, dis-je. Allons-y *doucement* !

Ryu nous attendait en bas des escaliers. Il ignora l'entrée et tourna sur la droite dans un long couloir peuplé de chaussures et de manteaux. Pépère nous attendait, assis devant une porte comme s'il la gardait. Je ne connaissais pas les lieux, mais je reconnaissais les chaussures, la veste, et la présence de celui qui vivait ici. Nous allions chez le Jeune Hector !

— J'ouvre la porte ? demanda Margot.

— Je vous en prie, gente dame, dit Pépère en hochant de la tête dans la direction approximative de la poignée.

— Est-ce qu'il va encore y avoir des tapis par terre ? demandai-je.

— Des tapis ? demanda Ryu.

— Pardon, dis-je, je veux dire : de la lave.

— Les tapis de lave sont partout, répondit Ryu. Ainsi va la vie. Mais ici, nous devons suivre la voie de Pépère et ne jamais nous détourner du chemin. Faites très attention. Sur le chemin, il y aura la Tentation. Il ne faut pas y céder, au risque de faire échouer notre entreprise, car si nous sommes découverts, vous serez jetés dehors sans deuxième chance.

— On y arrivera, dit Margot. Nous ne sommes pas « tentables ». Faites-nous confiance.

— Alors, ouvrez la porte, dit Pépère.

La porte s'ouvrit, lentement, sur une pièce en longueur et plongée dans la pénombre, à peine illuminée par la lune à travers de grandes fenêtres hautes sur notre gauche. Tous les murs étaient… oh. Oh, Margot. Comme Margot avait eu tort. Encore plus tort que d'habitude.

Comme dans l'ancienne chambre du Jeune Hector, tous les murs étaient couverts d'étagères. Mais ici, ici… on aurait dit qu'il y en avait neuf fois plus ! C'était peut-être parce que je ne les avais pas vues depuis longtemps, mais l'effet était brutal. Les étagères étaient recouvertes d'une multitude d'objets en tout genre : des figurines, des livres, des grandes tasses, encore d'autres figurines, des petits verres, des images en cadres, des grandes figurines, des jetons et des dés, des petites figurines, plein, plein, *plein* de choses en équilibre et n'attendant que mon passage pour accomplir leur destin et s'envoler et…

— Attention à la Tentation ! dit Ryu. Vous ne devez pas y céder.

— Mais il y en a partout, dis-je en geignant. *Partout* !

— Soyez fortes, dit Pépère. Suivez mon exemple, et marchez

en regardant droit devant. Allez, mettez-vous en rang derrière moi. Marchez dans mes pas.

Un par un, nous entrâmes dans la pièce à la suite de Pépère, et commençâmes la longue, longue traversée. Tous les petits bonhommes nous narguaient, j'en étais sûre, ils nous regardaient de haut et nous faisaient des signes provocateurs ! Pour ne pas les voir, je louchais sur l'arrière-train ectoplasmique et arthritique de Pépère. Je pouvais voir ses pattes à travers lui, et un peu le sol aussi. Ne pas penser. Ne pas penser aux petits bonhommes avec leurs bras en l'air qui m'appelaient... Non, ne pas penser ! J'en avais des sueurs froides. Mais je ne devais pas lever la tête, pas lever la tête, pas lever la tête, pas lever la tête pour voir cette lampe posée un peu trop près du bord...

— Monsieur Lord Pépère ? dit York derrière moi. J'ai une question !

— Je vous écoute, dit Pépère sans se retourner ni même se détourner un petit peu de sa trajectoire.

— Comment ça se fait que vous marchez à travers les murs et les cartons, mais pas à travers le sol ?

— C'est l'instinct, mon petit. C'est l'instinct.

— Ah oui je vois ! dit York sur le ton qu'il prenait quand il ne comprenait rien. Mais j'ai une autre question !

— Allez-y.

— Pourquoi vous pouvez marcher sur le sol mais pas toucher les objets ?

— C'est parce que le sol est stable, dit Pépère. Je sais qu'il est là, il est toujours là. Les objets sont petits et peuvent bouger. C'est trop dur à anticiper.

— Ne me parlez pas d'objets ! sifflai-je entre mes dents.

— Ah oui je vois ! dit York alors que j'étais certaine qu'il pensait que « anticiper » était une sorte de petit cheval. Mais j'ai une autre question…

— Cela devra attendre, mon petit, dit Pépère en nous faisant tourner abruptement sur la droite. Nous y sommes.

Chapitre 17 : où l'on voit la dernière porte

Nous étions entrés dans la chambre du Jeune Hector. Un peu de lumière de la rue passait à travers les volets. Au moins, ici, il n'y avait pas de Tentation. Juste des cartons, des vêtements, une Boîte-à-Image et un grand lit. Le Jeune Hector dormait, je l'entendais à sa respiration profonde et régulière. Ryu s'approcha du lit, le regard plein d'espoir.

— La Tentation, prévint Pépère. N'y cède pas, Ryu.

— Je sais ce que je fais, répondit Ryu.

Ryu sauta sur le lit, d'un bond gracieux et esthétiquement très réussi. C'était vraiment un idéal félin, ce à quoi les dieux des « Égypt-chiens » avaient dû ressembler ! Il s'approcha de la tête du Jeune Hector, et le regarda dormir, un moment. Qu'allait-il faire ? Une bénédiction ? Un rituel de protection ? Un geste sûrement empreint de sagesse et de profondeur et de...

— Rrrrréveille-toi, je m'ennuie ! beugla le Dragon dans l'oreille du Jeune Hector. *Rrrrréveille-toi-je-m'ennuie rrrrréveille-toi-je-m'ennuie rrrrréveille-toi-je-m'ennuie rrrrréveille-toi-je-m'ennuie rrrrréveille-toi-je-m'ennuie rrrrréveille-toi-je-m'ennuie rrrrréveille-toi-je-m'ennuie rrrrréveille-toi-je-m'ennuie rrrrréveille-toi-je-m'ennuie !!!*

Chaque « *réveille-toi* » était accompagné d'un coup de patte énergique, mais qui passait à travers le visage du Jeune Hector sans y laisser la moindre marque. Pas un seul de ses poils-de-menton ne bougeait. Le désespoir de Ryu était palpable. Sa frustration devait être écrasante. Se donner tout ce mal et rester invisible...

— Tu ne te maîtrises toujours pas, dit Pépère en soupirant.

— *Rrrrr-meep*, fit Ryu tristement.

— Excusez-moi mais pourquoi vous avez fait ça ? demanda Margot de sa plus petite voix qui restait quand même rauque.

— Je n'aimais rien de plus au monde que de réveiller mon Hector ainsi, expliqua Ryu. Je veillais sur son sommeil ! Je le maintenais en vie ! Maintenant... je ne sers plus à rien !

— Je fais ça aussi, dis-je, mais ma méthode est meilleure. Je vise les genoux.

— Reprends-toi, mon ami, dit Pépère sur un ton sévère. Rappelle-toi que tu sers d'exemple à ces jeunes filles !

— Et à moi aussi ! jappa joyeusement York.

— Et à ce jeune homme aussi, dit Pépère. Veuillez m'excuser, mais qui êtes-vous, déjà ? demanda-t-il à York après une seconde de réflexion.

— Je suis York ! dit York.

— Oh, dit Pépère en marmonnant un peu entre ses dents. Très bien, très bien. Et... auriez-vous l'amabilité de me rappeler qui je suis, déjà ?

— Oh, non non non, s'écria Ryu en sautant du lit pour faire face à Pépère. Vieille branche, reste avec moi !

— Je reste volontiers, dit Pépère, mais auriez-vous l'amabilité de me dire où je me trouve ? Je ne vois plus très bien...

— Tu es avec moi, dit Ryu. Tu es Pépère de la Cour des Lords, et tu es mon meilleur ami.

— J'ai un meilleur ami ? répondit Pépère. Oh, c'est bon à savoir. Merci beaucoup...

— Je suis là pour toi, dit Ryu en entourant gentiment les pattes tremblotantes de Pépère de ses flammes, et je serai toujours là pour toi.

— Qu'est-ce qui lui arrive ? demanda Margot dans un souffle.

— C'est la vie pour les morts, dit Ryu. On ne fait que se souvenir, et puis à un moment on ne se souvient plus très bien. On se souvient de moins en moins, et après on n'est plus là.

— C'est ce qui arrive aux fantômes ? dit Margot. Ils s'en vont, comme ça ?

— Qui sait ? dit Ryu. C'est le mystère ultime, et nous n'avons pas encore parcouru ce chemin.

— J'ai vu des urnes, dit York, où les Hectors mettent les restes des chiens et des chats et même des furets, pour s'en souvenir. Je les ai vues dans l'autre maison ! Si vous aviez une urne, ça irait peut-être mieux ?

— Elles sont restées là-bas, ces urnes ? demanda Margot.

— Aucune idée ! dit York. Elles sont peut-être dans une de ces boîtes ?

— Et alors, dis-je, ça ne nous sert pas, à nous. On ne sait pas lire les noms. On ne peut pas s'en servir pour se souvenir.

— Mais si les Hectors nous oubliaient ? dit York sur un ton plaintif. S'ils oubliaient Zouzou et que c'est pour ça qu'elle avait plein de puces sur l'écran ??

— Germaine ne nous oubliera *jamais*, déclarai-je en appuyant mon propos d'un petit feulement à-propos. Et Zouzou pourra toujours venir nous voir !!

— Mademoiselle Zuul est une formidable guide ! dit Pépère.

Je vous prierais de vous abstenir de dire du mal d'elle.

— Tu es revenu ! dit Ryu en sautillant autour de Pépère. Tu m'as encore fait peur !

— N'essaye pas de détourner la conversation, dit Pépère. Tu es un Guide. Tu n'es pas inutile !

— Vous voulez que je le fasse pour vous ? demanda Margot à Ryu. Réveiller un Hector, je veux dire. Et pas tout de suite, hein. Quand on ne sera plus en danger.

— Vous feriez ça pour moi ? dit Ryu visiblement touché. Ça me ferait très, très plaisir de savoir que la tradition est maintenue !

— Alors je le ferai avec honneur, annonça Margot.

— Fayotte, dis-je. Tu fais ça pour te faire bien voir ?

— Je fais ça parce que c'est important pour Ryu, dit Margot, et qu'on s'entraide, dans la rue.

— Et bien moi, je ne suis pas une chatte des rues comme toi !

— Clairement, dit Margot. Et, aussi, ça a l'air plutôt amusant. Je m'entraînerai sur Gros Yeux.

— Fayotte quand même, soufflai-je.

— Je ne voudrais pas vous presser, dit Pépère, mais nous commençons à disparaître. Vous allez devoir vous occuper de votre porte.

En effet, l'aura de Ryu perdait de son intensité, et on voyait de plus en plus à travers Pépère.

— Déjà ? se plaignit York. Mais on ne sait même pas où elle est !

— Elle n'est pas loin, dit Pépère. Elle est derrière ce Jeune Hector.

Je plissai les yeux, essayant de deviner des contours inappropriés pour un mur, quelque part derrière le lit.

— C'est la porte de la volonté qui draine, c'est ça ? dit Margot. Une qui vole des choses, c'était celle des chaussettes au grenier ; une qui agresse, c'était celle de la cuisine ; et maintenant ça devrait être celle qui draine.

— En effet, dit Ryu. Cette porte est la pire de toutes, parce qu'elle se déplace, chaque nuit, dans une chambre différente. Elle va dans la chambre de tous les Hectors.

— Même chez Germaine ? dis-je avec indignation. Mais je ne l'ai jamais vue !

— Ni moi chez Gros Yeux, dit Margot.

— Ni moi chez le Vieil Hector ! dit York.

— Et pourtant, dit Pépère, elle est bien là.

— Mais oùùùù ? geignit York.

— Il est temps pour nous de partir, dit Ryu dont l'image devenait de plus en plus saccadée, vous allez devoir la trouver seuls.

— Bonne chance, gentes demoiselles, dit Pépère qui disparaissait comme dans un nuage de fumée. Et jeune homme, bien sûr...

Et nous fûmes livrés à nous-même, devant le mur vide entre les deux fenêtres, et le Jeune Hector en-dessous qui ronflait légèrement.

— Comment on peut rater une porte ? dit York. Ça se voit, une porte ! J'aime les portes !

— Où est-ce qu'on ne va pas, la nuit ? demanda Margot.

— On va boire, énonça York. On va gratter à la porte. On va dans le panier. On va sur le lit. On va sur les couvertures. On va sous les couvertures...

— *Sur* les couvertures et *sous* les couvertures, répétai-je. Et *sur* le lit. Mais pas *sous* le lit.

Nous nous regardâmes comme si nous avions tous reçu un choc de l'Électrique.

— Sous le lit !

Le lit était très bas, il y avait à peine de la place pour un chat aplati. Et, bien entendu, la porte était là, au fond, sous la tête de lit, protégée par le sommier, toute aussi biscornue, tordue et improbable que les autres. Pire, peut-être. Ses contours étaient flous, comme du bois pourri mou au toucher. Elle avait l'air malade, parcourue de taches noires et de veines malsaines et vaguement phosphorescentes. Sur quoi pouvait-elle bien s'ouvrir ? Sur un trou à rats, sûrement !

— Donc, il va falloir gratter la porte sans réveiller le Jeune Hector au-dessus ? dit Margot. Mais tout va vibrer !

— Et puis la dernière fois qu'on a fait ça, dit York, on a cassé la cuisine.

— Non, dis-je, les *chiens* ont cassé la cuisine. C'est un travail pour un chat. York, tu ne t'approches pas de la porte !

— Et pourquoi ça ?! jappa York.

— Parce que tu es balourd et bruyant, dis-je en lui posant la patte sur le museau afin de le faire taire. Tu vas réveiller le Jeune Hector tout de suite !

— Mais alors je fais quoi ? chuchota-t-il avec une pointe de désespoir dans la voix. Je suis inutile, comme Ryu ? Je suis comme mort et oublié, déjà ?!

— Pas du tout, dit rapidement Margot. Pépère te dirait qu'en tant que chien, tu as d'autres talents. Par exemple…

— Le talent de ne pas avoir de talent ? raillai-je.

— *Par exemple*, reprit Margot, tu es fait pour monter la garde. S'il faut nous prévenir, ou faire une diversion, tu vas nous sauver la vie !

— C'est vrai ! dit York dont le moral changeait vraiment comme un yo-yo. J'ai d'autres talents ! Talents, talents, talents, *talents* !!

— Formidable, dis-je en roulant des yeux. Concentre-toi sur ton talent de silence. Et c'est à nous de jouer.

Il fallut se glisser sous le lit sans faire bouger le matelas, ou le drap, ou les lattes ; le Jeune Hector avait le sommeil léger, en plus ! C'était déjà un miracle qu'il dormît encore ! Mais un chat est un pro du travail furtif ; nous fûmes vite devant la porte et tout allait pour le mieux. À présent, il fallait gratter. Margot donna quelques coups de griffes afin de tester le terrain.

— Attention ! souffla York. Il bouge des yeux !

— Comment ça « il bouge des yeux » ? répondis-je. Ça veut dire quoi, ça ?

— Il est réveillé ? demanda Margot. Il a les yeux ouverts ? Il te voit ?

— Non, il a les yeux fermés, dit York. Mais il bouge des paupières !

— Il va falloir faire très doucement, dis-je. À ce rythme-là, on y sera encore dans nos prochaines vies de chat.

Je griffais si lentement que j'avais l'impression de faire du surplace. Millimètre par millimètre, la porte était méthodiquement lacérée. J'essayais de compenser le manque de vitesse par la profondeur. Margot, elle, faisait dans la hachure systématique.

— Attention !!! souffla York.

— Quoi encore ? dis-je en m'immobilisant avec mes griffes

dans le bois.

— Non, c'est bon ! répondit York. J'ai cru qu'il se levait mais il a juste bougé son bras.

— Attention !! siffla York ! Il bouge son nez ! Il va éternuer ! Non… attendez… peut-être...

— Ça va finir par me rendre cardiaque, dit Margot.

— Alors, il éternue, ou pas ? dis-je.

— Non c'est bon, dit York, il a respiré fort et ça s'est arrêté.

— « Du talent comme chien de garde », maugréai-je entre mes dents en reprenant mon travail. Ben voyons !

— Attention !! souffla York.

J'étais suspendue en plein geste, en semi-équilibre, le cœur battant et les yeux écarquillés. Si ça continuait, j'allais réveiller le Jeune Hector moi-même, ça irait plus vite !

— York, grognai-je, je te jure, si c'est encore pour rien !

— Il bouge ! dit York. Il va se tourner !

Oh, mais, j'en avais assez de ce parasite paranoïaque ! Je me glissai hors du lit pour observer moi-même. Là, j'allais voir ce qu'il se passait vraiment ! Le Jeune Hector se tourna, en effet ; il repoussa le drap avec ses jambes, et s'emmêla dedans et resta coincé. Il marmonna quelque chose, et fit un grand geste du bras qui envoya le drap sur York. Puis il se retourna jusqu'au bord du lit, où il s'immobilisa à nouveau.

— On peut reprendre, dis-je. Il dort.

— Quelqu'un peut retirer ce drap ? dit York qui avait l'air d'un York-fantôme de pacotille.

Je posai les pattes sur le drap pour l'aider à se dégager. Absolument, pour l'aider. Était-ce de ma faute s'il ne trouvait pas la sortie tout seul ?

Soudain, il y eut une explosion de bruit dans la rue, une pétarade épouvantable de moteur de Boîte-à-roues, et de grands éclats de voix et de joie.

Je me figeai, les yeux rivés sur le Jeune Hector. Que faire ? Que faire ? Des Hectors insouciants qui faisaient la fête allaient tout gâcher, alors que nous étions si près du but ! Non ! La tête de York émergea enfin de sous le drap, et il me lança un regard paniqué et légèrement divergeant. Depuis le lit montait un horrible bruit, comme si une armée de lapins essayaient de traverser le mur. Cette fois, c'était la fin, le Jeune Hector allait se réveiller et tout découvrir et nous ne pourrions plus accomplir notre mission ! Nous étions faits comme des rats !

— Ça y est ! dit la voix rauque de Margot depuis sous le lit. On l'a eue ! On l'a eue !

Comme pour marquer notre victoire, un nouveau concert de voix s'éleva dans la rue. Cette fois, le Jeune Hector se leva d'un bond et en râlant, pour aller vers sa Salle-des-bains, manquant de marcher sur York qui s'échappa de justesse. York trébucha, roula et s'enroula dans le drap, et m'enroula avec lui.

Chapitre 18 : où l'on devient des chats des toits

Il fallut filer, filer, filer à toute vitesse et sans se retourner tant que le Jeune Hector ne nous regardait pas. Le couloir de la Tentation, le couloir des chaussures, l'escalier, rattraper York qui dérapait dans le tournant, ouf la porte de l'étage était encore ouverte !

— Vous pensez que ça y est ? demanda York à voix basse. On a vaincu la Malédiction ?

— Bien sûr ! dis-je. On n'a pas fait tout ça pour rien !

— Il faudrait peut-être attendre que Zouzou nous le confirme, dit Margot avec prudence et je la détestai pour ça. Si ça se trouve, on n'a fait que ralentir les Volontés.

— Très bien, puisque tu es si maligne et que tu sais tout ! lâchai-je. On verra avec Zouzou ! Et on verra que j'ai raison et que c'est fini !

Et là-dessus, je me dirigeai vers la chambre de Germaine. Ils pouvaient aller guetter Zouzou ailleurs, si ça les chantait ! Moi j'en avais plein les pattes de courir partout et d'avoir peur d'être découverte. J'allais attendre les félicitations de Zuul dans mon lit, avec ma Germaine !

Mais j'eus beau attendre et attendre en fixant la Boîte-à-Images du regard, Zouzou ne vint pas. Je finis par m'endormir, bien au chaud sur le lit confortable. Ce n'était pas une vie de chat, de faire autant d'efforts, nom d'un petit York !

Je me réveillai en sursaut d'un rêve où j'étais poursuivie par une porte biscornue qui essayait de m'attirer sous le lit comme un aspirateur. D'ailleurs, il continuait, cet aspirateur ? Non, c'était un autre bruit. C'était des voix. Les Hectors se chamaillaient encore, dans la cuisine-salon qu'ils avaient à présent. Eh bien quoi, encore ? Ce n'était pas fini, tout ça ? Pourquoi tout n'était pas rentré dans l'ordre ? Je tentai de glisser une oreille dans le couloir. Peut-être que York avait fait une bêtise ? Margot s'était enfin fait surprendre en train d'ouvrir une porte ?

— Pssssssssit ! Grison ! Par ici !!

C'était Margot, qui m'appelait depuis l'escalier qui montait au grenier. Et je voyais aussi le museau de York, qui tentait de se faire discret ! Ah, non, alors ! Qu'est-ce qu'ils me voulaient, encore ? Ça sentait les ennuis qui continuaient, ça ! Je les rejoignis, mais c'était bien parce que je voulais m'éloigner des chamailleries. Je ne savais pas pourquoi, mais en montant les marches, je crus que Margot avait des ailes. Des ailes noires, parfaites pour une Abomination du Dehors, mais un peu incongrues sur un chat digne de ce nom, tout de même.
— Eh bien, quoi ? dis-je sur un ton détaché.

Margot se déplaça sur le côté, et je compris d'où venaient les « ailes » de Margot lorsque je vis ce qu'il y avait derrière la vitre de la fenêtre. Oh, non. Non non non. Ora la Pie. Non, non, non. Nous avions fait notre travail ! Nous avions effacé les portes ! Zouzou aurait dû venir, pas cette Pie de malheur !

— Et c'est très bien, bravo, dit la Pie. Vous avez toutes mes félicitations !
— Merci ! jappa York.
— Pourquoi vous nous harcelez, comme ça ? répliquai-je.
— Bon, alors ! dit la Pie. C'est que maintenant, il reste le plus gros. Vous devez en finir avec La Plante.
— On l'a tuée dans la cuisine, la Plante, dit Margot.
— Pfff ! fit la Pie en battant des ailes. Ce n'était qu'une petite partie, bon, alors ! Maintenant il faut s'occuper du reste !
— Et il est où, ce reste ? demandai-je avec la plus mauvaise volonté du monde.
— Dans un puits, dit la Pie. On ne peut y aller que par le toit.
— Un puits sur le toit ? demandai-je. C'est nouveau, ça. Et pourquoi pas dans une Boîte-à-Roues, tant qu'on y est ? Ça au moins, j'ai le pouvoir de les affronter !
— Je sais ce qu'elle veut dire, dit Margot qui me regardait étrangement. Elle veut dire une cheminée. C'est un grand tuyau qui arrive dans les Boîtes-à-Feu.
— Ah, dis-je. Alors pourquoi elle ne dit pas ça ?
— Bon, alors ! dit la Pie. Je ne trouvais pas le bon mot ! Mais dans tous les cas, je vais vous montrer !
— S'il faut vous suivre, dis-je, je vous préviens, on ne sait pas voler.
— Je le sais bien ! répliqua la Pie en sautillant sur son unique patte. Vous me prenez pour un pigeon ? Bon, alors ! On va tous vous guider ! Allez sur la terrasse !

— Mais la fenêtre est toujours bloquée, dit Margot.
— Passez par une autre fenêtre, bon, alors !
— Mais les Hectors sont dans la cuisine... enfin... le salon... ils sont devant la porte et la fenêtre de là-bas, continua Margot. On ne peut pas y aller.
— Passez par une *autre*-autre fenêtre, bon, alors ! Je vous y attends !

Nous pouvions essayer par une Salle-des-bains, ou la chambre du Vieil Hector. Par chance, la Salle-des-Bains était ouverte, et nous n'avions qu'à pousser un tabouret devant la fenêtre pour que York puisse monter. Nous nous glissâmes tous les trois sur le toit. Les pattes de York n'étaient absolument pas faites pour cette partie du toit, à mon grand amusement, et il ramassait au passage toute la mousse accumulée entre les grosses tuiles. Arrivés sur la terrasse, on aurait dit qu'il avait de grosses chaussettes vertes. Il se secoua les pattes pour s'en débarrasser, mais la mousse était très collante. Dommage, York. Il fallait être un chat !

Sur la terrasse, la Pie, Ryu et Pépère nous attendaient. On les voyait moins bien, en plein jour, et l'aura de flammes de Ryu était bien moins impressionnant. Ce qu'il y avait de bien, c'était que Chien-Lion et Chien-Sage avaient été enfermés dans le garage, sans doute après l'incident avec les placards de la cuisine. Nous avions le champ libre ! Le jardin était à nous, et rien qu'à nous ! Du moins il le serait bientôt. Il suffisait de tuer une Plante, et de ne pas se faire voir des Hectors, et le jardin serait à nous pour une petite sieste au soleil bien méritée. Facile !

Et pour monter sur le toit, il y avait justement un petit pan de mur incliné qui fermait la terrasse. Nous pouvions monter sur le mur à partir du côté jardin « boueux », et il suffisait de suivre sa pente jusqu'à la gouttière du toit. Facile, ça aussi. Si on n'avait pas peur de se rompre le cou. C'était un boulot pour Margot, en somme. Moi, j'en avais assez. J'étais fatiguée et c'était déjà bien assez pour moi d'avoir suivi les autres jusque-là. Je ne pensais qu'à ma petite sieste au soleil, si méritée.

— Oh non, geignit York qui marchait désormais comme un canard à quatre pattes. Je ne peux encore pas suivre ! J'ai les pattes toutes collantes et toutes collées !

— Attends-nous là, dit Margot.

— Comment ça « nous » ? dis-je. Vas-y toute seule !

— Je ne veux pas y aller toute seule ! répliqua Margot.

— Poupoule mouillée ! dis-je. C'est toi l'acrobate de service !

— Mais on est plus fortes à deux ! dit Margot.

— Nous devons tous y aller, dit Ryu. Tous les chats. C'est le destin.

— Et on ne dit pas non au destin, c'est ça ? dis-je en roulant des yeux. Depuis quand les chats obéissent-ils à qui que ce soit, hein ? On est libres de faire ce que l'on veut !

— Pas tant que la Malédiction sera là, dit la Pie. Bon, alors ! Qui est la poupoule mouillée, hein ? Celle qui dit pour les autres ou celle qui ne fait pas elle-même ?

— Je n'ai pas peur ! répliquai-je malgré moi. Bien sûr que je vais y aller ! C'est Margot qui a peur, moi je viens pour la rassurer !

— Souvenez-vous, dit Ryu. Les chats peuvent voler jusqu'à la lune !

— Bonne chance ! dit York.

Eh bien, je ne pouvais plus reculer, une fois de plus. En quelques bonds nous fûmes sur le mur, et en quelques pas sur le toit. Près de nous, une sortie de cheminée qui ne devait donner nulle part, puisque nous n'avions pas vu de Boîte-à-Feu dans les étages du dessous. Les ardoises du toit étaient stables, il n'y avait même pas un petit frémissement pour nous intimider. Il n'y avait rien, pas un bruit, pas un mouvement. Seulement le vide, qui n'était pas si loin de moi, et auquel je ne devais pas penser, et qui était bien sûr la seule chose à laquelle je pensais. J'en avais assez d'avoir peur. J'étais fatiguée d'être constamment en alerte, épuisée, même. Je voulais ma sieste au soleil. Cette Plante était-elle vraiment là, ou bien la Pie avait-elle un peu trop sautillé sur la tête ? On nous faisait prendre des tas de risques pour rien ! J'étais sur le point de me plaindre à Ryu, ou Margot, ou le monde entier, mais je n'en eus pas le temps.

Ce fut le moment que choisit la Plante pour jaillir de la cheminée.

Une liane siffla près de mes oreilles, forma un arc, puis revint à la charge. Non mais ce truc essayait de m'attraper ? Mais de quel droit ? Je filai loin de là, très peu pour moi ! Une autre liane volait vers Ryu et s'enroula autour de lui, ou plutôt, s'enroula sur elle-même à travers lui, ah ! C'était bien malin, ça ! Ryu était hors d'atteinte ! Mais la liane ne semblait pas avoir compris, et essaya (manqua) une nouvelle fois, sauf que dans son élan, elle atteignit Margot de plein fouet à la tête. Celle-ci fut projetée sous le choc et roula-boula jusqu'au bord du toit. Cette dinde allait tomber, comme ça ?! Impossible. Elle s'était forcément rattrapé quelque part, notre chat de cirque ouvreuse de fenêtre. C'était inconcevable qu'elle fût tombée ! Les chats pouvaient voler jusqu'à la lune ! J'y croyais ! J'y croyais fort ! Je courus vers le bord du toit, en oubliant complètement de garder un œil sur les lianes. Je fus saisie sans sommation, par le cou et les pattes, et entraînée vers la cheminée qui m'avala.

Les premières secondes furent plongées dans le noir et la confusion. Puis je heurtai quelque chose de mou et de vaguement phosphorescent où mes pattes ne trouvèrent pas de prise. Je glissai, glissai, glissai, alors que le décor m'apparaissait par flash grâce à ma vision de nuit. J'étais sur une sorte d'arbre, très étrange et tout tordu, qui avait poussé sur lui-même dans le conduit de la cheminée. Ma chute de branche glissante en branche glissante aurait pu être drôle, s'il n'y avait pas eu ces feuilles qui me fouettaient les moustaches et ces lianes qui cherchaient toujours à m'attraper.

J'arrivai en bas en roulant-boulant, et finis ma course contre une paroi de pierres. Aie ! Ce n'était pas une façon d'accueillir quelqu'un ! Immédiatement, je me redressai, et me léchai les pattes pour me donner une contenance.

Devant moi se tenaient trois horribles mini-Germaines, trois poupées tout aussi biscornues les unes que les autres, aussi biscornues que les portes que nous avions fermées. J'en avais déjà vu deux : la mini-Germaine avec la tête en coussin d'épingles qui fronçait tellement les sourcils qu'on ne les voyait plus, sous son front énorme. Je reconnus aussi celle avec d'énormes yeux, comme une petite chouette à l'air ahuri. En retrait par rapport aux deux autres, elle empilait des boutons pour faire une petite pyramide, sans se soucier de mon arrivée. Enfin, la dernière souriait tellement que son visage n'était pratiquement que des dents, un peu trop pointues à mon goût !

— Eh bien ! gronda la mini-Germaine au Front Bas. Ça ne va pas bien d'abîmer les Malédictions des gens, comme ça ? Vous vous croyez où ?!
— C'est une bonne question, dis-je. Où suis-je ?
— Vous êtes chez nous, dit la mini-Germaine aux Grandes Dents en me montrant encore plus ses dents. Ceci est notre tribunal. Je vous en prie, faites comme chez vous...
— Ne dis pas ça ! cracha la mini-Germaine au Front Bas. On est chez *nous* ! C'est *nous* qui décidons ! Chat ! Vous êtes accusée de nous vouloir du mal ! Et la sentence pour cela sera terrible !!!

Chapitre 19 : où l'on ramone des cheminées

Mais c'est qu'elle m'agaçait à sautiller sur place comme un York rabougri sous caféine, cette mini-Germaine au Front Bas ! J'avais envie de lui sauter dessus, à cette petite souris, de la laisser partir quelques secondes, et de lui sauter dessus à nouveau, juste pour lui faire comprendre qui était le chat, ici ! Elle avait de la chance, je n'avais pas la place de sauter. Les branches étaient trop basses, et je ne voulais pas m'assommer.

— Je ne suis pas « Chat », dis-je.

— De quoi ça ? s'indigna la mini-Germaine au Front Bas.

— Je ne suis pas « Chat », répétai-je. Vous pouvez m'appeler « votre Majesté ». Ou « Reine suprêmissime ».

— Vous n'êtes pas la Reine ici ! glapit la mini-Germaine au Front Bas. Ce n'est pas chez *vous*, c'est chez *nous*, et ce sera *toujours chez nous* !!!

— Tout le monde sait que les chats sont partout chez eux, dis-je. Et puis c'est la maison de mes Hectors. Je dois les mettre dans une maison, sinon ils ont froid et faim.

— Calme-toi, dit la mini-Germaine aux Grandes Dents. On va régler ça à l'amiable, j'en suis sûre. Ce pauvre chat ne savait pas, n'est-ce pas ? Vous ne saviez pas ?

Elle aussi, elle commençait à m'agacer, avec son sourire de poisson des profondeurs. Elles allaient regretter de me poser des questions, comme ça ! On n'interroge pas impunément un félin, mesdemoiselles !

— Je ne suis pas « Chat », répondis-je, mais je suis suis un chat. Donc je savais sûrement, mais ça m'était égal.

— Ah-AH ! s'énerva la mini-Germaine au Front Bas en gesticulant. Elle avoue ! Elle est coupable !

— Je suis coupable de plein de choses, dis-je. Vous allez devoir préciser un peu.

— Vous avez condamné nos portes ! dit-elle en agitant ses petits poings dans tous les sens.

Je suivais du regard ces petits poings comme s'ils étaient ces points de lumière rouge qui se promenaient parfois sur le mur et que je ne pouvais jamais attraper. Non. Je devais rester calme. Je ne devais pas céder à la Tentation, comme aurait dit Pépère. Rester. Calme.

— Je n'ai pas vu de portes, dis-je en portant mon intérêt sur l'inspection de mes griffes. Je n'ai vu que des grattoirs à chats. Tout ce qui est en bois est un grattoir à chat. C'est connu.

— Elle n'a pas tort, admit la mini-Germaine aux Grandes Dents. Les chats font leurs griffes partout. Ils ne font pas la différence...

— Tais-toi ! cracha la mini-Germaine au Front Bas. Elle est aussi coupable d'avoir tué une partie de ma plante !

— Rappelez moi comment j'ai fait ça ? demandai-je.

— En cassant le mur dans la cuisine !

— Je n'ai cassé aucun mur, répondis-je. En fait, c'est votre plante qui a cassé le mur, en attaquant Chien-Lion. Donc c'est de votre faute.

— C'est vrai, dit la mini-Germaine aux Grands Yeux. J'ai tout vu. C'est le chien qui a tiré sur la plante parce qu'elle était autour de son museau. Ce n'est pas très gentil de museler les chiens...

— Mais tais-toi, toi aussi ! vociféra la mini-Germaine au Front Bas. Elle nous a fait du mal ! Elle doit être punie !

C'était donc de ça que nous avions eu si peur ? De ce petit bout de machin qui bougeait dans tous les sens ? Lamentable, vraiment. Ce n'était même pas un adversaire à ma taille. C'était plutôt une insulte.

— J'ai eu mal aussi, répondis-je. Donc, c'est de la légitime défense.

Règle numéro un de la joute verbale féline : quand l'ennemi vous embrouille, embrouillez l'ennemi encore plus.

— La légitime défense, dit la mini-Germaine aux Grands Yeux, ça se défend.

— Ah mais ça suffit ! dit la mini-Germaine au Front Bas. Arrêtez de l'aider !

— Je n'ai pas besoin qu'on m'aide, dis-je. Surtout pas des… quoi que vous soyez. Vous êtes quoi, au juste ? Vous n'êtes sûrement pas des fantômes. Quel rapport vous avez avec la Malédiction ? demandai-je prise d'une inspiration subite.

Parce que quand même, si je perdais mon temps avec ces korrigans de pacotille, autant en finir tout de suite !

— On ne vous le dira jamais ! hurla la mini-Germaine au Front Bas. Jamais, jamais, *jamais* !

— La Malédiction nous a créées, dit mini-Germaine aux Grandes Dents, pour garder la maison. Elle nous a modelées sur des souvenirs d'enfance !

— Ça n'a pas dû être une enfance très heureuse, dis-je.

— C'est qu'avec le temps on se déforme un peu, expliqua la mini-Germaine aux Grands Yeux. Vous nous auriez vues avant...

— On s'en fiche ! glapit la mini-Germaine au Front Bas. On vit dans ces murs ! On est ces murs ! La Malédiction dit que la maison est à nous pour toujours et à jamais ! Et qu'on a le droit de piller, tuer, et drainer tout ceux qui osent s'y installer !! *Pour toujours* !!

— D'ailleurs, dit la mini-Germaine aux Grandes Dents, ce serait bien que le petit chien se fasse couper les griffes, parce qu'il va finir par rayer tous les parquets et ça risque d'être pris pour une signature et ce serait bête que la Malédiction soit brisée par erreur comme ça et...

— Aaaaaaaaaaaaaaaaaaaaaaaaaaaahh mais tais-toi !! dit la mini-Germaine au Front Bas en envoyant une petite branche sur Grandes-Dents, qui l'évita. Tais-toi tais-toi tais-toi !!!

Le bâton renversa la pile de boutons de Grands-Yeux. Les boutons volèrent dans tous les coins. Non, je ne cédais pas à la Tentation. Pas du tout. Pas du tout, du tout, du tout. C'était simplement qu'un bouton était arrivé près de ma patte et que le coup de griffe était parti tout seul !

Soudain quelque chose s'éclaira dans mon esprit. Des griffes. « Signer ». Briser la Malédiction en signant... Nous avions signé les portes pour les sceller, alors. Il suffisait de signer autre chose, une dernière chose, et ce cauchemar serait fini. Mais quoi ? Où est-ce qu'il fallait signer ? Les parquets ? Ça risquait d'être très long. Germaine risquait de ne pas être très contente. Et puis je ne pouvais rien y faire d'ici, dans tous les cas. Je regardai partout autour de moi, les mini-Germaines tordues, les branches, l'arbre, les boutons...

Et soudain je le vis. Le rectangle, au pied de l'arbre. Il y avait des lettres autour, mais je ne savais pas ce que ça voulait dire. Les Hectors mettaient ce genre de lettres partout, alors qu'ils n'arrivaient même pas à sentir leurs propres marquages ! Les Hectors étaient de drôles d'animaux, tout de même.

Front-Bas était occupée à cogner dans les dents de Grandes-Dents avec les boutons de Grands-Yeux. C'était le moment d'agir. Je m'approchai du rectangle à lettres et commençai à en étudier la disposition. Bon, alors, comme dirait une Pie de ma connaissance. Il y avait des gribouillis, en plus des lettres, dans trois des coins. Il restait une belle place libre dans le dernier angle, qui n'attendait que ma patte. Ça ferait l'affaire.

— Non ! brailla Front-Bas. Ne touchez pas à ça !

Elle lâcha Grandes-Dents pour courir vers moi. D'un coup de patte, je l'envoyai bouler dans les boutons. Et de l'autre patte, j'apposai ma plus belle signature dans l'angle libre.

Et... rien. Rien ne se passa.

— Je m'inquiétais pour rien ! railla Front-Bas au milieu des boutons. Un chat n'y arrivera jamais !! C'est beaucoup trop compliqué pour eux !

— Vous ne devriez pas trop vous moquer de quelqu'un qui a le pouvoir de faire s'arrêter des Boîtes-à-Roues, répliquai-je en la fixant intensément du regard.

— Vous, quoi ? demanda Front-Bas. Oh, c'est hilarant ! Les filles, elle croit que c'est elle qui fait arrêter les voitures ! Mais non pauvre idiote, c'est la Malédiction qui fait ça ! C'est *notre* pouvoir ! Je vous avais bien dit que les chats étaient trop bêtes !

Ce fut comme si quelqu'un appuyait sur un bouton de l'Électrique, dans ma tête. Trop bête, hein ? Elle allait voir si j'étais trop bête ! Je me mis à griffer mon nom partout, en long en large et en travers, le plus rapidement possible. J'étais surtout à bout de nerfs et de patience pour les portes, et la Malédiction et les mini-Germaines biscornues et tout ! J'allais leur faire payer ! Pour leur stupide arbre qui m'avait pris Margot ! Pour Pépère et pour Domino et qui savait ce qui allait arriver à Zouzou ! Le rectangle partait en lambeaux sous mes pattes, et j'allais battre le record du monde de griffures, il disparaissait, disparaissait, rapetissait, se pelait comme un fruit trop mûr…

Les trois mini-Germaines tordues-biscornues se jetèrent sur moi comme des rats enragés. C'est qu'elles mordaient, les sales bêtes ! Et elles me tiraient les pattes et les oreilles et la queue !! Tout en me débattant, je posais mes coups de griffe, au hasard, sur les dernières traces du rectangle et de ses lettres. Plus que deux ! Plus qu'une !

À la seconde où le rectangle fut entièrement gratté et recouvert de mes marques de griffes, le sol se mit à trembler. Les mini-Germaines disloquées tombèrent sur le sol, toutes molles comme des jouets pour chiens après avoir rencontré Chien-Lion. L'arbre se tordait dans tous les sens, s'agitait comme un épouvantail fou, et finalement explosa en pluie de cendres.

J'avais gagné ! J'étais la plus forte, la plus merveilleuse de toutes les Reines Grison du Monde ! La maison était à moi ! À moi ! Ahahahahahaaaaaaaaah…

Et j'étais seule, dans le noir, au fond d'un conduit de cheminée, à des kilomètres sous terre.

Ah.

Que faire ? Je me couchai, le nez dans la cendre. Ce n'était pas la fin que j'avais espéré. J'aurais aimé un spectateur ou deux, au moins. Peut-être York, pour lui donner une dernière peignée. Ou Margot. Stupide Margot, qui était tombée comme une idiote. Si nous devenions tous des fantômes, nous pourrions peut-être rejoindre Zouzou dans la Boîte-à-Images, même si on serait vraiment serrés...

— Ce n'est pas le moment de faire la sieste ! dit une voix chevrotante mais ferme de vieux York quelque part sur ma gauche.

— Pépère ? dis-je en secouant un peu la cendre de ma tête. C'est vous ?

— En présence et en ectoplasme, gente dame, dit Pépère.

En plissant les yeux, je pouvais en effet distinguer la pointe de son museau qui sortait d'une pierre.

— Vous êtes venu me regarder mourir ? demandai-je.

— Je comptais plutôt vous guider vers la sortie, dit Pépère, mais c'est comme vous préférez.

— Le choix est dur, dis-je en m'étirant avant de me lever, mais je vais quand même choisir la sortie.

— Alors, c'est par ici ! dit joyeusement Pépère. Suivez le guide !

— Je ne traverse pas les murs, vous savez, dis-je.

— Les murs ? Quels murs ? Oh, cette pierre ? Elle n'est pas vraiment là. Faites-moi confiance.

— Si vous le dites.

Qu'avait dit Ryu, déjà ? Les chats pouvaient aller où ils le voulaient. Il fallait suivre son œil intérieur. Ou quelque chose comme ça... Je fermai les yeux, prête à suivre Pépère n'importe où. Et il avait raison. La pierre n'était pas là. C'était une toile d'araignée, et la traverser fut absolument répugnant. Si je rencontrais l'araignée qui l'avait tissée, elle entendrait de mes nouvelles. Si elle n'était pas trop grosse, bien entendu.

— C'est bizarre, ce tunnel sous la maison, non ? demandai-je.
— Nous sommes dans les fondations, dit Pépère. Du moins, c'est ce que je pense. Dans l'autre direction, il va jusque sous la route.

Sous la route. Cela expliquait sans doute comment les mini-Germaines atteignaient les Boîtes-à-Roues... Ah, bah, tant pis. Je me trouverai un autre pouvoir. Quelque chose d'encore mieux.

— Et un tunnel dans les fondations, c'est moins bizarre ?
— Oh, non, c'est complètement bizarre. Mais pas plus qu'une Malédiction dans une cheminée. Ah, nous arrivons, et votre comité d'accueil est là.

Quelque chose de gros et de puissant faisait bouger la terre devant nous. Je m'attendais à une liane, ou peut-être une taupe géante. Après tout ce qui venait de nous arriver, tout était possible ! Mais, après avoir projeté de la terre partout, c'est la grosse tête de Chien-Lion qui apparut dans une sortie fraîchement creusée.

— **Chat de mamie** ! dit-il en me saluant énergiquement de la seule façon baveuse et dégoûtante qu'il semblait connaître.

Je considérai brièvement retourner au pied de l'arbre en cendre mais, aveuglée par la lumière du jour et inondée de bave et de toiles d'araignée, je ne pouvais pas aller bien loin.

— Laisse-la respirer, Nounours, dit Chien-Sage. Il faut la ramener à Mamie ! Laisse-moi faire.

Alors que Chien-Sage me ramenait sur la terrasse par la peau du dos comme un chaton, je vis du coin de l'œil Margot, bien vivante, qui attendait perchée sur la terrasse. Ouf. Je voulais dire, flûte.

Ouf.

En tout cas, Ryu avait raison. Les chats pouvaient réellement voler.

Épilogue

Un bain. Un bain ! Encore un bain ! Voilà ce que je recevais pour avoir sauvé mes Hectors ! Cette fois c'était dit, sûr et certain, j'arrêtais d'aider les gens ! Ma seule consolation fut que York reçut le même traitement, pour ses pattes encollées de mousse. Une fois propre, il échappa au Vieil Hector et courut comme un dératé partout dans les chambres. Il essaya même de se rouler dans ma litière !

— Ça me poursuit ! hurlait-il. Ça me poursuit ! L'odeur du savon ! Ça brûle ! Ça pique ! Ça piiiiique !

Margot vint se poser avec précaution près de l'endroit où je séchais mon poil et ma dignité. Je la laissai faire. Pour cette fois. Il fallait bien lui raconter ce qui s'était passé sous terre. Qui savait ce que Pépère avait pu inventer !

— C'était donc ça, la Malédiction, dit-elle un peu songeuse. Est-ce que ça veut dire que la maison est à toi, maintenant ?

J'allais lui assurer que oui, évidemment j'étais la reine unique et incontestée, mais j'avais l'impression qu'une mini-Germaine biscornue allait surgir de sous un lit.

— Je ne sais pas trop, avouai-je. J'ai détruit le rectangle, en le signant. Il n'y a plus de preuves.

— Plus de preuves, ça ne change rien, affirma Margot. Les chats sont toujours les propriétaires des maisons où ils vivent. C'est connu.

Elle avait raison, mais je n'allais pas lui dire, parce que ça aurait été admettre qu'en tant que Chat-de-la-Maison, elle en était aussi propriétaire. D'une partie, du moins. Bon, admettons. Je lui laissais la chambre de Gros Yeux. Cela suffirait.
— Où sont Ryu et Pépère ?
— Je ne sais pas, dit Margot. Ils ont dit que la journée, ce n'était pas très bon pour eux, mais qu'ils reviendraient.
— Et cette folle de Pie ?
— Pareil. On demandera à Zouzou, si elle revient cette nuit.
— Hmm, si elle revient cette nuit.

Les Hectors s'affairaient dans leur nouvelle cuisine-salon. Ils arrangeaient les meubles, ce qui allait nous donner plus d'espace pour grimper et que j'approuvais totalement. Le Jeune Hector et le Vieil Hector avaient fait mettre des « piliers de soutien » en-dessous de l'endroit où le placard s'était effondré, juste pour rassurer Germaine que plus rien ne bougerait. Nous ne pouvions pas lui dire que c'était la faute d'un arbre qui n'était plus là, alors, c'était aussi bien. Nous ne pouvions pas non plus lui dire que c'était aussi pour ça que la Boîte-à-Images n'avait plus de parasites, peu importait où ils essayaient de la brancher.
— Mamaaaaan, dit Gros Yeux en arrivant dans le salon. Viens voir ça !
— C'est quoi, encore ? dit Germaine.
— C'est des chaussettes ! dit Gros Yeux en riant. Toutes les chaussettes qu'on a perdues ! Elles sont toutes là ! Il y a un gros

tas dans la chambre !

À ce moment-là, il y eu un énorme « *schling cling bling* » qui provenait d'un placard rescapé. La porte s'ouvrit et une marée de paires de ciseaux s'en écoula.

— Mais d'où ça sort tout ça ?!
— Et surtout, qu'est-ce qu'on va en faire ?!

Je décidai de faire un petit tour de vérification. Je surveillai le couloir, mais plus une planche du plancher ne bougeait. Les portes ne claquaient plus. L'Électrique ne grésillait plus nulle part. Les Boîtes-à-Roues ne s'arrêtaient plus dans la rue, ce que je trouvais dommage. Ça, ça allait me manquer.

Dans l'escalier, je vis la Jeune Germaine poser les urnes des Anciens Animaux sur une étagère. Je n'avais même pas envie de les pousser par terre. Je n'aurais pas osé. L'une d'entre elle était Zouzou, après tout, et je ne savais pas lire les étiquettes pour savoir laquelle c'était.

— Je vous l'avais dit, mon gendre, que ça s'arrangerait. Ces harpies qui nous empêchaient de pousser ont fini par partir !
— C'est vrai, belle-maman, c'est vrai. Reconnaissez tout de même que ça a pris son temps !

Qu'est-ce que c'était que ça, encore ? Dans la plante en pot dans laquelle York avait fini sa course hier soir, il y avait un mini-Hector Fantôme-Barbu et une mini-Germaine Fantôme-Frisée. Je m'approchai d'eux, mais ils ne firent pas du tout attention à moi. Mais ! Je les reconnaissais ! Ils nous avaient aidés, dans l'ancienne maison, contre le Médecin. Maintenant que j'y faisais attention, la plante en pot ressemblait furieusement à un morceau de l'arbre sacré qui avait été dans l'ancien jardin. Je décidais de les laisser tranquilles. Nous avions nos propres urnes et nos propres fantômes. Nous étions chez nous.

Et puis j'attendis. J'attendis jusqu'à « minuit », au moins, sur le lit près de Germaine. J'essayais de ne pas m'endormir, pas complètement, je ne voulais pas la manquer. Elle arriva, et pas dans la Boîte-à-Images cette fois, en vrai ! Enfin, en présence et en ectoplasme, avec un air satisfait.

— Il te reste encore une croquette bonbon dans ta gamelle, me dit Zouzou. Je peux la renifler ?

— Tu peux même la manger, dis-je, si tu le peux. Mais attends un peu.

— Attends quoi ? dit Zouzou.

Je me levai et m'approchai du visage de Germaine, qui dormait. Je l'observai un moment. Elle respirait. Tout allait bien. Je levai ma patte, toute douce, toute douce.

— « Réveille-toi je m'ennuie », chuchotai-je en pensant à un dragon.

— Ahhh !! fit Germaine qui se réveilla en sursaut sous mes coups légers sur sa joue. Grison ? Mais qu'est-ce qui te prend !?

— *Miaou*, dis-je en sautant sur le sol près de Zouzou qui avait son nez fantôme dans la croquette bonbon et essayait de la gober sans succès.

Finalement, Margot avait raison. Aider, c'était plutôt amusant, et très satisfaisant.

Plus d'aventures surnaturelles, ça vous dit ?

Découvrez :
LA SAGA FANTASTIQUE DES ALTERÏ

TOUT COMMENCE EN 1883 AVEC L'EXPRESS D'ORIENT

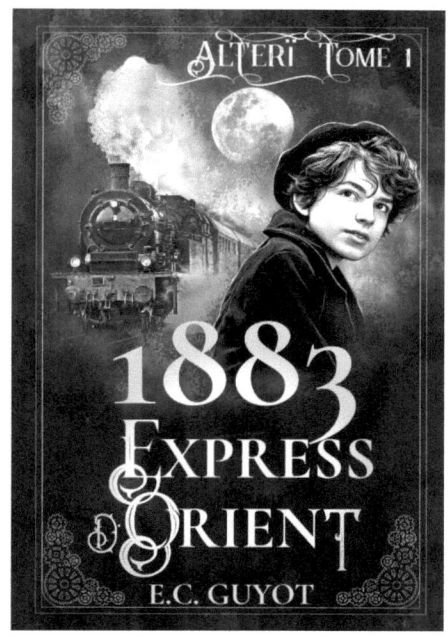

Paris, 1883.
Une orpheline se trouve une nouvelle famille au sein de la société secrète des Alterï (sorciers, loups-garous et autres vampires...) qu'elle rencontre à bord de l'Orient Express. À la condition bien entendu qu'ils survivent à la série de meurtres mystérieux qui s'abat sur le train…

Dans un 19e siècle à l'ambiance minutieusement reconstituée, avec des personnages passionnants et un humour légèrement décalé, cette histoire qui mélange fantastique, policier et historique va vous faire vivre une aventure unique et haletante. Montez à bord et venez rencontrer vos nouveaux amis! Ils sont mortels...

À propos de l'auteure

E.C. (Émilie Claude) Guyot est née en 1979 en Bretagne. Elle savait lire à 3 ans, et a commencé à sidérer les bibliothécaires en lisant tout ce qu'elle pouvait atteindre sur les rayons. Elle a grandi un peu à Paris puis s'est installée dans le sud de la France ; en dehors de cela, rien d'intéressant n'est jamais arrivé, et comme elle est arrivée au bout des rayons de bibliothèque, elle a dû commencer à inventer des histoires.

Un peu plus grande, elle s'oriente tout d'abord vers le dessin comme mode d'expression et études secondaires, puis vers les Arts Plastique, puis à la surprise générale vers la Psychologie, puis revient finalement aux deux passions qu'elle nourrit depuis l'enfance : l'écriture et la musique. Mais comme elle a gardé ses crayons, elle fait ses couvertures de livre et les pochettes de disque elle-même.

Si ses romans s'inscrivent souvent dans des univers fantaisistes, ils sont également solidement ancrés dans un fort héritage historique et traditionnel. Derrière les mondes imaginaires et les créatures fantastiques, elle aborde la découverte de soi, les choix à faire afin de trouver sa place dans le monde, et les rencontres qui parfois changent une vie. Elle vit aujourd'hui sur Internet.

Les autres romans

Le Fil des Pages (2009) est un roman light fantasy où une improbable bande de bibliothécaires s'unit afin d'empêcher leur monde de sombrer dans l'oubli, à l'aide d'un peu de magie, de détermination et de beaucoup de mots.

La Louve aux Chansons (2012) est un roman dark fantasy, la quête d'une jeune fille qui doit surmonter des épreuves et vivre dans la peau d'une bête afin de sauver le garçon qu'elle aime, à travers des contrées magiques et sur fond de chansons traditionnelles.

L'Île qu'il Fallait Sauver des Ombres (l'Île de la Groac'h) (2015) est un roman fantastique où une jeune fille tombe littéralement dans un monde parallèle, se fait des amis improbables sortis tout droit du folklore, et doit résoudre en peu de temps l'énigme de l'Île et échapper aux ombres impitoyables qui la dévorent.

Les Fantômes de Grison (2016) est un roman surnaturel humoristique où une meute hétéroclite et caractérielle de chats et de chiens doit protéger la famille d'humains, chez qui ils vivent, de fantômes conduits par un esprit bien décidé à s'approprier la maison.

1883 Express d'Orient (2019) est un roman fantastique historique où une jeune femme débrouillarde s'embarque dans un train mythique, minutieusement reconstitué, où l'attend un monde surnaturel de secrets et de mystères, et où les passagers de tous poils devront s'unir pour échapper à un terrible meurtrier.
Il est suivi de *1885 : L'Ange à Trois Ailes* (2021).

Achevé en septembre 2022

Couverture : E.C. Guyot
Photos : « Grison » de E.C. Guyot ; Freepix : « voodoo doll dark background top view », « voodoo doll dark background », « voodoo doll dark background flat lay », « top view voodoo doll dark background », de Freepix .
Portrait auteure : Geneviève Guyot

Le Code de la propriété intellectuelle et artistique n'autorisant, aux termes des alinéas 2 et 3 de l'article L.122-5, d'une part, que les « copies ou reproductions strictement réservées à l'usage privé du copiste et non destinées à une utilisation collective » et, d'autre part, que les analyses et les courtes citations dans un but d'exemple et d'illustration, « toute représentation ou reproduction intégrale, ou partielle, faite sans le consentement de l'auteur ou de ses ayants droit ou ayants cause, est illicite » (alinéa 1er de l'article L. 122-4). Cette représentation ou reproduction, par quelque procédé que ce soit, constituerait donc une contrefaçon sanctionnée par les articles 425 et suivants du Code pénal.

Ce récit est une œuvre de fiction. Les personnages et les situations décrits dans ce livre sont purement imaginaires.